U0921816

人生需要高级感

西风南浦 著

YOUR LIFE
WITH A HIGH TASTE

Tasty life

青岛出版社
QINGDAO PUBLISHING HOUSE

图书在版编目（CIP）数据

人生需要高级感 / 西风南浦著. --青岛：青岛出版社，2019.7

ISBN 978-7-5552-7694-4

Ⅰ. ①人… Ⅱ. ①西… Ⅲ. ①散文集—中国—当代读物 Ⅳ. ①I267

中国版本图书馆CIP数据核字(2019)第033104号

书　　名　人生需要高级感
著　　者　西风南浦
出版发行　青岛出版社
社　　址　青岛市海尔路182号（266061）
本社网址　http://www.qdpub.com
邮购电话　010-85787680-8015　13335059110
　　　　　0532-85814750（传真）　0532-68068026
责任编辑　贺　林
责任校对　耿道川
特约编辑　郑丽丽
装帧设计　白砚川
照　　排　梁　霞
印　　刷　三河市良远印务有限公司
出版日期　2019年7月第1版　2019年7月第1次印刷
开　　本　32开（880mm×1230mm）
印　　张　8.5
字　　数　150千
书　　号　ISBN 978-7-5552-7694-4
定　　价　39.80元

编校印装质量、盗版监督服务电话　4006532017　0532-68068638

建议陈列类别：畅销·励志

自序

人为什么需要高级感？

01

近几年，“高级感”这个概念被越来越多的人关注。

据了解，这个概念最早是用在设计领域，后来又用来形容人所具备的独特气质，它是指在自然、品质、用心的基础上，生出的一种美感。

其实，“高级感”不仅仅适用于生活领域，我们的人生同样需要一种“高级感”。

那么，什么是人生的高级感，我们又为什么需要这种高级感呢？

我的理解是，“高级感”并非指肤浅的吃穿用度，它更体现在一个人的思想和格局等方面。

有一次，我在网上看到了一则关于中国天才青年曹原的报道。

英国《自然》杂志公布的2018年全球“十大科学家”名单当中，二十二岁的曹原，被列为首位。这不仅是因为曹原是在《自然》杂志上发表论文的最年轻的中国人，还因为他在石墨烯超导领域获得重大发现，为人类做出了重大贡献。

文章还介绍了曹原简单的成长经历。他十一岁就因为天赋异禀，被选拔到小学的超长班，仅用三年时间就完成了从小学到高中的课程，十四岁被“中科大”少年班录取，毕业后又被麻省理工学院录取，攻读博士学位。

这本来是则读完让人心生敬佩的好报道，很多网友也对他表示佩服和支持，但也有一些奇怪的言论让人感到很不舒服，比如“毕业了又能怎样，能比马云有钱吗”“能进少年班，家庭条件一定很好吧，如果我家不在农村，我也能有很好的发展”。

这个时候，看同一件事的不同态度，体现的就是人的思维方式了。我们生活中一些外界因素，比如原生家庭、运气、条件等，不可否认这些会对我们人生起到一定的影响，但关键还在于一个人是否有进取的精神。所以，遇到困难首先要做的不是想办法解决，而是一味抱怨或怨天尤人，对别人所取得的成就冷嘲热讽……这样的做法只是思想低层次的表现。而思想层次较高的人，则会虚心学习别人的经验，并且努力在自己的能力范围内把事情做到最好。人与人之间的差距就是这样越拉越大的。

这里就涉及“高级感”了。而且，人生摈弃了“高级感”，往往就会使自己的价值观发生偏离。这样有的人就只会用金钱来衡量一个人的成就，他们觉得如果拥有的财富多，那么这个人就是成功的、完美的、值得羡慕的；如果拥有的财富少，不管这个人做出过多大的贡献，都是失败的。他们忘了，这个世界上，还有除了金钱以外的东西，比如社会贡献、比如眼界、比如学识，甚至是更多的人生体验、更美的世间风景……他们习惯于把自己封闭在金钱的狭小箱子里，看不到外面更广阔的天空，一抬头就是天花板，反而很难取得自己想要的“财富自由”。

而具备高级感的人，眼界会更宽泛，思想会更包容，追求会更高级，所以也往往能取得更加不俗的成就。

02

可能有的人会说，我就是一个平凡的人，生活在平凡的世界中，那么我还需要所谓的“高级感”吗？

是的，我们每个人都很平凡。

歌手朴树十年前在《生如夏花》中唱：“我是这耀眼的瞬间，是划过天边的刹那火焰。”

十年后，朴树复出，在《平凡之路》中低吟：“直到看到平凡才是唯一的答案。”

或许，曾经我们都以为自己会和别人不一样，后来发现，自己也不过是个平凡的普通人。接受自己的平凡，是我们人生的必修课。

我们可以平凡，但绝不能平庸。

刚刚工作的时候，我只是一个小编辑，每天找找选题、跟作者沟通、与设计师探讨版面等，压力不算太大，日子平静又安稳。可有一天早上，我醒过来，睁开眼，感受到窗外的阳光打在我的脸上，脑海中突然闪过一个疑问：难道我来北京就是为了过这样重复、平淡的生活吗？难道我就要在这种安逸中消耗自己的一生吗？

我想象得出如果自己继续保持这种状态的话，几年以后的生活也不会有多大的变化。我不禁打了个冷战，我不想如此平庸地度过一生啊。

从那天起，我重新捡起了自己的文学梦，每天尝试着写一些自己对事物的看法，保持着敏锐的思考能力。我没想到的是，写作最终让我认识到了更多优秀的人，也把我带到了更加宽广的世界。

如今，我还是一名漂在北京的上班族，和千千万万的“北漂”一样，每天挤地铁、打卡上下班。我们在街上擦肩而过的时候，你可能都不会注意到我，但我还是努力让自己和普通上班族有了一点儿不一样，我有了自己热爱的事业，也有了被大众认可的作品。这些由努力带来的微小成就感，让我变得更加自信。

我相信自己虽然现在平凡，但未来会有无限可能。

这些经历让我深刻认识到，人可以甘于平凡，但不能在平凡中渐渐沉沦，那样只会让你越陷越深，直到沉到人生的最底层。

03

朋友的父母在他很小时就到东莞打工了。他父母在工厂里做最基本的工种，靠体力赚取微薄的薪水。

有一次，放了暑假的他跟着父母一起来到东莞，他第一次见到了父母打工的工厂，见到了父母住的廉价出租房，见到了每天算计着买菜的工人，也见到了几条街之隔的繁华的市中心。

鲜明的对比冲击着他幼小的心灵，从那时起他就暗下决心，一定要改变自己的命运。

还是学生的他，知道改变自己唯一的途径就是读书。回去以后他拼命学习，顺利考上了大学，但他知道这还不够，他要见识更多更美的风景，拥有更加高级的人生。

后来，他考上了北京一所知名大学的研究生，并出版了自己的作品，在业内也小有名气……他终于不再是那个偏远小镇的留守少年了。

“我只是想尽力站得更高一点儿，触摸更远一点儿的风景。”面对如今美好的生活和“逆袭”而来的人生，他如此说。

或许，我们拼尽全力，也只能换取一个别人唾手可得的平凡人生，但正是这种对更高级的生活的向往，让我们平凡的人生，变得有一点儿不一样。

“高级感”才是一个人深刻到骨子里的性感，它是一种内心的坚守，一种对当下生活的不满足和不服输，一种逼着我们将自己从泥土里拔出来的力量。

在物欲纵横的社会里，请用心守护这份“高级感”，与不满足的一切对抗，拼出一个不一样的精彩人生，即使天寒地冻，路遥马亡。

目录

CONTENTS

YOUR LIFE WITH A HIGH TASTE

PART 2 活得高级比穿得高级更重要

目录

PART 3
要么大胆尝试，要么什么都不是

CONTENTS

YOUR LIFE WITH A HIGH TASTE

PART 4 好的感情是相互成就

目录

PART 5
找到属于自己的“高级感”

PART 1
普通人也可以拥有“高级感”

YOUR LIFE
WITH A HIGH TASTE
Tasty life

独立选择自己的生活，是提高等级的重要表现

01

不知不觉，我来北京已经两年多了，同时也工作两年多了。

2016年我来到北京，加入了意林集团，成了《意林》杂志的一名编辑。

我以前从来没想过自己的名字会出现在从小看到大的杂志上，所以觉得这份工作十分神圣。

因为我并不是文学专业毕业的，再加上这是自己第一份工作，并没有什么经验，开头的时候做起来还是蛮难的，每天都在想怎么样才能完成领导布置的工作、怎么样才能找到好稿子……每天都小心翼翼地问其他同事该怎么做。

好在整个编辑部氛围很好，大家都很热心地教导我。在大家

的帮助下，我很快适应了工作的节奏，也做得越来越上手。

那个时候，编辑部还很忙，不仅每个月要做三期杂志，还要做微信运营和一些图书编辑工作，所以加班成了家常便饭，晚上常常会加班到九点十点，周末单休或者不休也是常有的事。当你做着自己喜欢的工作时，其实再怎么忙碌也不会觉得很辛苦，因为即使你不加班，脑子里琢磨的也都是工作的事。

记得有一次，我们出了一套青春文学类的书，主管让新编辑写软文去宣传。从来都没有写过软文的我们瞬间蒙了：软文？就是……广告呗？

于是，一篇篇小广告文交上去，又一篇篇被打了回来，主管说我们写的这不叫软文，这就是硬广，不把文章写软了，就别回去了。

我们一个个瞬间变成了苦瓜脸，头发一缕缕地往下掉……

我开始琢磨什么叫软文。百度了几篇发现，哦，不就是植入嘛！毕竟植入比植发简单，结果还是可期的。

于是我开始琢磨怎么植入，我想到了各种电视剧里的植入模式，最后决定还是编故事，哦不，作者写的故事不能叫编，咱们得叫讲故事。

那天晚上，我编写了一个很长很逼真的青春校园爱情故事，情节跌宕起伏的同时不但植入了我们做的这套书，还把《意林》杂志也植入了。

故事写得很顺畅，敲下最后一个句号的时候，我满意地搓了搓手，瞧了一眼屏幕右下角的时间，已经快清晨五点了。

嗯，成功解锁了第一次通宵加班。

我当时真的一点儿也不觉得困，反倒很兴奋，对自己的作品很满意，就像当年考试写完作文交上去就等着老师打满分的那种感觉。

一上班，我就把软文交上去了。领导果然很满意，还让我发表在了《意林》上。

通过这件事，我捡起了搁置多年的笔，重新走上了创作之路。（其实我上学的时候一直在搞创作，也拿过很多奖，不过后来跑偏去写论文了。）

因为这份工作，我还接触到了新媒体。

当时公司要求运营“意林”的微信公众号，可我之前根本没有这方面的经验，只有看公众号的经验，完全不知道怎么弄。因为缺乏经验，我没少让领导失望。

后来我想，不如我自己也开通一个公众号，先拿自己的号练练手？

于是在2016年6月4日这样一个很普通的夜晚，我开通了一个微信公众号，然后误打误撞地开始了我的新媒体生涯。

著名作家陶杰在《杀鹌鹑的少女》中写过一段话：

当你老了，回顾一生，就会发觉：什么时候出国读书，什么时候决定做第一份职业，何时选定了对象而恋爱，什么时候结婚，其实都是命运的巨变。只是当时站在三岔路口，眼见风云千樯，你做出选择的那一日，在日记上，相当沉闷和平凡，当时还以为是生命中普通的一天。但一场巨变，已经发生了，地动山移，浑然不觉，当时只道是寻常。

02

2017年，通过之前工作上的努力和运气，工作仅一年的我通过竞聘成为《意林》的执行主编，同时也成了我们公司升职最快的新人，成了《意林》第一位九〇后中层干部。

原本我给自己的计划是三年试着做到主编层。没想到目标提前达到了，而且还提前了这么多。

这一年我开始接触图书出版工作，成了一名图书策划人。我自己写书，同时又给别人出书，这种双重身份令我觉得很神奇，当然，这个过程中我也学会了换位思考。

我还成了一名公益讲师，去各个城市和乡村给学生们做演讲，帮他们答疑解惑，教他们阅读写作。我一直觉得作演讲是一件度人度己的事情，我在帮助他们的同时，自己也积累了很多宝贵的经历和感悟，而且这些经历以后都成了我写作的素材。

或许是自我感觉进步太快，我还没计划好下一步该干什么。或许是我本身的惰性开始作祟，不知不觉中我变成了“龟兔赛跑”中的那个兔子，因为一开始领先了别人，就开始放松自我要求。

于是，公众号我也不每天更新了，文章也不怎么好好写了，也不用加班了，每天就是做好本职工作，其余时间就是看看书、吃吃饭，然后买买买……我还安慰自己说这才叫享受生活。

虽然一下子闲适了起来，但我内心始终萦绕着一种焦虑感，是那种不肯原地踏步，又不知道下一个目标是什么、该向哪个方向前进的焦虑。

在我“自甘堕落”的这段时间里，我的朋友们开始月入十万了，开始从内容转电商了，开始成为畅销书作家了，开始创业、年入千万了……我就像进入了一个安逸的桃花源，梦醒想出来的时候才发现外面早已沧海桑田。

同“塞翁失马，焉知非福”的道理一样，有些东西你看似得到了，其实失去的会更多，所以在获得好消息或者坏消息的时候，保持一颗平常心，辩证地看待它，很重要。

这是我2017年一整年得出的经验教训。

所以我一直对自己2017年的状态很不满意，在2017年末的时候，我决定告别这种不思进取的状态，2018年开始新的征程。

03

2018年，我企图在本职位上进行新的突破，做了很多努力，但由于种种原因和条件的限制，结果都没能达到我的预期，我又开始返回到了那种安逸的工作状态。

这种温水煮青蛙的感觉让我很难受，几乎每天都会有两个小人在头脑中打架。

一个说：你放着好好的主编不做，瞎琢磨什么啊？你这工作多好，内容简单，时间自由，薪资待遇也不错，老老实实待着吧。

另一个说：你工作内容简单，但在大环境下缺乏核心竞争力，你每天过得安逸，其实是在慢慢被时代抛弃，如果一份工作你要做一辈子，那为什么要来北京？

它们每天都在争吵，我的内心也每天都在挣扎。

随着时代的发展，传统出版业受到了一些冲击，这促使我不得不重新思考未来的行业选择。

经过研究，我决定还是以新媒体为突破口进行行业转型，想慢慢过渡到互联网行业，更好地与时代接轨。

我作为一名非技术人员，想进入到互联网行业又不想做编外人员，就只能去做产品或者运营。于是我买了大量相关的书去了解和学习什么是运营、什么是产品……经过学习和与相关人员的交流，我发现内容产品和我之前做的工作有相似的地方，于是就决定从打磨内容开始。

我把相关想法跟领导提了，希望能从公司内部先打磨出一款“课程类产品”，也就是知识付费产品。但由于缺乏经验和缺少相关的人员，这个项目未能实行。

那一刻我知道，我的工作瓶颈期到了。

这个时候我必须做出选择：要么别瞎琢磨，继续做个安逸又光鲜的年轻主编；要么果断辞职，重新开始。

人一旦有了想法，机会也会随之而来。

那段时间有一些猎头和公司HR找到我，有的是大平台，有的是发展势头很猛的创业公司，但综合考虑后，我总觉得这些离我的规划还差了一点儿什么，所以迟迟没有答应。

后来机缘巧合，我和一家行业内排名靠前的公司负责人聊了聊，发现他们的发展规划和我的想法不谋而合，整个团队也非常棒，虽然它的平台不是最大的，薪资也不是最高的，但我感觉这就是我想要找的平台。

我们前前后后大约谈了三次，双方都很满意，喜悦的同时我也不得不做出决定了：真的要离职吗？

真的要离职吗？放弃主编的工作，去新的团队开始学习？告别朝十晚六、随意倒休的安逸生活？放弃老企业大公司的平台？

实不相瞒，有几天我焦虑到失眠的境地，正常人想过的问题我都想过。

我开始思考我来北京的初心是什么，开始思考如果要选择一份安逸的工作做到底，那回家岂不是更好的选择？

因为不想每天复制大同小异的生活，所以我来到了北京；因为仅有一次的人生我想看看自己到底能折腾出什么样子，所以我来到了北京；因为我的同龄人甚至比我小很多的人正在以光速成长前进着，所以我不想浪费每一天宝贵的青春。

所以，我选择重新开始。

04

之前一部很火的电视剧《北京女子图鉴》最后一集的一段台词，让我很有感触：

其实，只要你想做，每个人的未来都会有无限的可能。

希望我以后再回顾今天的时候，已经得到了新的成长，也希望三十岁的我能够感谢二十五岁的我所做的一切决定，就像现在的我依然感谢两年前的我做出的决定一样。

当你能够独立做出自己的决定、选择自己的生活时，你就已经比别人提高了一个等级。

高级的人生都很酷

01

之前，时尚集团总裁，被称为“中国时尚女魔头”的苏芒突然宣布辞职，震惊了整个时尚圈和娱乐圈。

提起苏芒，可能有些朋友还会觉得陌生，但提起中国头号时尚杂志《时尚芭莎》，你一定有印象。就是这本杂志，捧红了一批又一批的流量明星。明星经纪人常常为了能让自家的艺人登上杂志封面而费尽心机。

如果你不知道《时尚芭莎》，那你也一定听说过每年一次处于舆论风口浪尖的“芭莎明星慈善夜”。这个活动，就是苏芒成功发起的。

苏芒把娱乐圈的明星都聚起来搞慈善，不但成功帮助了很多需要帮助的人，而且还为明星赚足了口碑。每年的“芭莎明星慈善夜”都会引发不小的轰动。谁参加了、谁捐了多少、谁又占了C位等话题都会占据各大网络话题榜，大家也能从中发现很多明星间的微妙关系。所以，在娱乐圈，有不少明星都要和苏芒保持良好的关系。

苏芒的厉害之处还在于她的雷厉风行，她从一个小小的编辑爬到时尚界大佬的位子，可想而知她付出了多少努力。

大学毕业那年，拿着中国音乐学院毕业证书的苏芒想实现自己的作家梦，但没哪家杂志社、报社会要一个音乐专业的毕业生。在绝望之际，她意外地在北京东单的一个小胡同里，找到了《时尚》杂志社。

那会儿《时尚》杂志社还在创业阶段，社里总共只有七八个员工，苏芒的实习工资只有两百块钱，没有固定岗位，采编、发行、市场推广，甚至是寄书员，她都做过。

那个时候没有电脑，她只能用手写稿子，一遍又一遍地修改，还因此落下了严重的颈椎病。

入行两年后，苏芒成了《时尚》杂志的广告销售。

“我确实从没想做销售，是公司当时没钱，逼着我做。因为老板说想做好杂志，是需要很多钱的。我觉得也对啊。我做销售的时候也没有痛苦，我不是拧巴的人，我属于做一行爱一行的人。”她后来回忆道。

她除了不怕挑战和吃苦、认准的事会拼了命死磕之外，还对自己要求特别高。

在1997年，每月只有八百元工资的苏芒，就跑去北京王府井，买了一个价值五千七百元的LV包包，成为身边人群中唯一拥有奢侈品的人。

苏芒从1994年大学毕业进入《时尚》杂志社，到2014年升任时尚集团总裁，再到2018年掌管时尚集团十本杂志、在四十二家企业任职，每天光鲜靓丽地出席各种活动，跟明星大佬共进晚宴，苏芒的人生可谓一路开挂。

这样的人生酷吗？

可以说是非常炫酷了。

然而，本可以继续牛气走下去的苏芒，却在人生的巅峰期选择辞职。原因是为了能有更多的时间去陪伴自己的家人。

很多人表示不理解，认为她离开了自己的主场，人生会就此暗淡，为什么要抛弃如此炫酷的人生，离开人群，回归平淡呢？

下面，我要讲第二个故事。

02

由于工作关系，我认识了佳。

佳之前是国内某知名教育集团（对，就是你给孩子报班学英语的那个）的职业经理人。

因为工作需要，她常年辗转于各地。这种辗转，不单单是出短差，她经常在北京待半年，下半年就去哈尔滨了，过几个月可能又要去上海住一段日子。

这在普通人那里肯定是受不了的，但在佳这里，她倒没有抱怨，曾经还因为不能常去国外出差而生气，觉得自己错过了好多出去看世界的机会。

她还依稀记得自己第一次去纽约出差时的场景——一边在第五大道上狂奔，一边急火攻心：妈呀，快没时间了，我还没有完全记住这个城市，没有完全探索清楚就要离开了，这太让人抓狂了！

就这样一个踩着这个世界的鼓点走在行业尖端的女子，却在三十岁那年辞掉了百万年薪的职位，安心做起了家庭主妇。

这个决定令所有人都猝不及防，她自己也未曾预料到会有这样一天。

曾经她还狂妄地嘲笑过为家庭牺牲的那些女人，觉得她们选择回归家庭，就是对外面世界的惧怕和退缩。家务事有什么难做的？不像金融那么高端大气，也不像艺术那样高深莫测。

结婚、生孩子、做主妇，这些都不在她三十岁的人生预设里，按照她之前的人生轨迹，她应该是挣着大钱，踩着高跟鞋，在世界的巅峰一览众山小来着。

然而现实是，这些不曾出现在她预设中的场景，都成了现实，她为了自己的宝宝和家庭，脱了高跟鞋，成了一名家庭主妇。

那个曾经“无法回家”的人现在成了“深度宅”，能网购解决的，绝对不出门一步。出门旅行？不存在的，还是窝在沙发里更舒服。

那个曾经每天靠外卖解决温饱的她，竟然变得很爱做饭。洗菜、切菜、做菜，一顿饭恨不得要做上三个小时。

我问过她，这样的生活有意思吗？突然放弃炫酷的人生去做个普通的家庭主妇。

佳说：“我也是在有了宝宝以后，才开始体会到人不仅仅是为自己活着的。那些看起来很酷的人，可能只是内心很可怜的孩子。生命这件事，只有在被人需要的时候，才更有价值。有些事情，我清楚自己做不到了，也就不再犯傻；有些事情，我知道远比我想象的重要，于是就开始努力了。”

现在的佳，不再是什么职业经理人，也不是什么合伙人，她摘掉了所有的头衔，成了一个会洗衣、做饭、陪孩子玩的妈妈，一个为家庭提供有力支持的妻子，一个陪伴父母的女儿。

或许这些，比起征服世界，对她来说更重要。

03

一次饭局上，我认识了一个九〇后的投资人，他年纪轻轻就参投了国内几个知名的项目，让人觉得厉害到有些神奇。

饭还没吃一半儿，他起身跟大家打招呼致歉，说买了飞北海道的机票去看雪，赶飞机要提前走一会儿。

等我们饭局结束的时候，他已经在北海道泡温泉了。

曾经我以为这才是“炫酷”的人生啊：去不同的地方，体验不同的风土人情，接触形形色色的人。来一个说走就走的旅行，去爬山、去潜水、去西藏、去南极，怎么不一样怎么折腾，这才叫酷。

后来我在成长的过程中，也去过了一些地方，走过了一些路，见过了一些人，才发现，其实这些都是表面的东西，一点儿也不酷。

打耳洞、跳伞、蹦极、潜水，来一场说走就走的旅行……这些看似疯狂的举动，其实都是很平常，只要想做，每个人都可以做到，甚至一个周末就可以完成的。

然而就是这种平常到和吃饭睡觉一样的事，之所以被吹捧为“炫酷”，表达的也不过是对当下稳定生活的不满，是人想使劲儿折腾一下打破平静的冲动。

但这种折腾和“炫酷”，对改变我们生活的现状其实并没有实质性的意义。

就像苏芒和佳，所有人都觉得她们辞职前的人生才算精彩，她们自己却更喜欢之后的人生。

人在人生的每个阶段，其实对生活的理解都不同。

二十多岁的时候，“炫酷”可能意味着去爬“珠峰”、骑行川藏线、坐着经济舱去拉斯维加斯、为了省钱睡青年旅社、和不认识的男女青年挤在一起拿着一小瓶啤酒胡吃海塞……

三十多岁的时候，“炫酷”可能意味着升职加薪、在几环买了房子、又换了辆怎样的车、家庭稳定幸福，偶尔还能全家出国玩一圈儿……

四十多岁的生活，“炫酷”可能意味着明白事业和家庭都是人生的权重，没有孰轻孰重。

之前《无问西东》里，米雪饰演的母亲说的一段话，红遍网络，直戳人心。

她对自己的儿子说：

当初你离家千里，来到这个地方读书，你父亲和我都没有反对过。因为，是我们想你，能享受到人生的乐趣，比如读万卷书行万里路，比如同你喜欢的女孩子结婚生子。注意，不是给我增添子孙，而是你自己，能够享受为人父母的乐趣，你一生所要追求的功名利禄，没有什么是你的祖上没经历过的，那些只不过是人生的幻光。我怕，你还没想好怎么过这一生，你的命就没了啊！

所以我觉得，能够知道自己想要什么的人生，就是很酷的人生。

回到之前的问题，现在的苏芒，站在事业的巅峰，感受到了自己对家人的重要性，她能毅然割舍下旁人难以放弃的名利，回到母亲的病榻前陪伴，这就很炫酷。

可怕的是很多人口口声声说想要不一样的人生，实际上却并不知道自己想要的到底是什么。

可能有人会说，并不是每个人都能在人生的每个阶段知道自己追求的是什么，难道那些迷茫的日子就不值得珍惜吗?

其实不用非要把人生扩大到阶段性的层面来解读，因为每个阶段都是由每天组成的。

如果你今天想吃草莓，你遵从自己的意愿吃到了，那谁又能说这不是很酷的一天呢?

生活总是自己的。

普通家庭的孩子，如何才能实现自己的梦想

01

最近，我的留学导师Vicky有点儿闹心，因为之前一直准备留学的我，准备放她鸽子了。

工作两年多，我对很多事情的看法不一样了，觉得自己总是还欠缺点儿什么，所以一直想重返学校深造。

但，国内一般学制比较长……权衡之下，我打算出国深造一到两年。

对我们这种做文化媒体的人来说，想要获取最新的信息、更好的学习内容和前沿的商业模式，去美国是最好的选择。

我说做就做。由于是第一次申请，很多东西不太懂，而我又没时间花精力去搜集资料，于是直接找了家知名中介机构，在这

里认识了我的留学导师Vicky。

评估完我的学分绩点、工作履历和英语水平后，Vicky高兴地告诉我说，按照我的条件，可以申请美国Top10（排名前十）里面的好大学。

之后，我们便开始积极地准备介绍信、推荐信、各种成绩单等资料，过程虽然烦琐，但好在顺利。

临门一脚的时候，我还是放弃了。

出国留学需要很高的费用，尤其是美国、澳洲等国家，至少需要八十万打底。对于我这种普通家庭出身的孩子来说，这真的是一笔巨款了。

我如果不考虑今后的生活的话，也不是不可以孤注一掷地去读书，但生活给普通家庭孩子试错的机会太少了，所以每做出一个选择都必须慎之又慎，一旦选择不当，可能要付出沉重的代价，甚至一辈子难以翻身。

我想留学深造，但我也想买一套属于自己的小房子。虽说现在提倡租房生活，活在当下，但没有自己的房子，感觉在哪里都是漂泊，尤其是身边的朋友都陆陆续续买房后，我更加焦虑了。

对于经济能力有限的我来说，在近几年里，留学和买房，只能选择一个。

02

我的一个导演朋友亚青曾经也面临同样的烦恼。

他对自己的人生规划比较清晰，在大三的时候就考了托福、雅思，准备毕业后去美国深造，学习“电影与艺术”。

但他也是普通家庭的孩子，为了减轻家里的负担，他在大学的时候就各种实习攒学费，但他攒下的钱对于出国来说，也是杯水车薪。

为了赚钱，他只好延缓梦想，先去工作。

亚青想要留在北京，户口是个门槛儿。他毕业后去了一家央媒工作，签了五年的劳动合同，一年后顺利拿到了户口。

但待遇刚开始比较低，为了实现梦想，他每天都在用心地工作，晚上甚至也要加班接项目。第二年，他付了二十万的违约金，选择裸辞。

裸辞后的亚青也没闲着，一边刷托福成绩，一边接项目赚钱，后来他托福考了112分，还攒下了五十万。如果家里再支持一点儿，他去美国圆他的电影梦是没有问题的。

后来，他顺利拿到了纽约大学的offer，可他放弃了。

我们都为他觉得可惜，纷纷劝诫：目光要放长远，等你深造回来，会有更多的机会，钱没了可以再赚，机会没了可就真的没了。

亚青说：“道理我都懂，可我真的做不到再用家里的钱去读书，那样太自私了，以后再说吧。”

虽然他的语气很平静，但我们分明在他的眼中看到了难过与不甘。

后来得知我决定出国留学后，他还专门给我打了一个多小时的电话，鼓励我坚持梦想，只是没想到我们最后都在现实面前妥协了。

03

作家张佳玮曾经写过自己从普通家庭一路逆袭，最后独自到法国读书的故事。

张佳玮出生在无锡一个普通家庭里。他们当地有一所很好的高中，只要进了那所高中，基本上就可以考上重点大学，所以当地的学生都挤破头想进去。

那所高中的考核很严格，入学前会考一些课堂里不会教的知识，像奥数、新概念英语之类的。好多家长为了考试，会特地请相关的老师给孩子辅导，费用很昂贵。

他的家境普通，性子又倔，既请不起老师，也不想请。于是自己去新华书店买了几本奥数题集和英语读本，自学。

后来，他们初中只有三个人免费考进了那个高中，其中一个就有他。

这事后来被他的亲戚大肆吹捧，说他没请老师、没交钱就顶得上老师教，可只有他自己知道：许多东西，有老师的孩子一学就会，他却要自己花时间琢磨。

他说："一个高知家庭出身的少年与一个普通家庭的少年，拼的就是知识量的汲取。"

后来，他考上了上海的大学，开始试着经济独立。

在其他人还在享受校园生活的时候，他已经出了四本书，被出版社拉着跑活动，同时还要完成学校的课业。

当然，经济独立是需要付出代价的。

他说自己学生时代最遗憾的事就是没有经历过本该拥有的校园生活。

后来，二十二岁的他大学毕业，身边的同龄人在上海买房、买车、继续深造、结婚生子，他却继续写作、攒钱、学法语。直到二十八岁的时候，他终于攒够了出国留学的钱。

2012年他到了巴黎，一边读书，一边继续写东西。

而周围的同学，比张佳玮小很多，大多是靠着父母的资助出来的，他们没有多少压力。

张佳玮白天上课，晚上写作，一开始也觉得委屈，后来也就习惯了。自己选的路，总得走下去。

后来他在国内很火，也在国外的专栏领域也小有名气，再也不用为生计发愁，但他还是不敢放纵自己，还是在勤奋写作。

他说：“比起那些生来已经被父母铺好了路、无忧生活的人，我们普通人家的孩子，没法指望跟他们全面攀比，没法做到全部都要，只能抛弃一些没那么在意的东西。”

我对他的话深以为然。既然没有办法做到什么都有，那就舍弃一些，那就把实现梦想的时间再延长一些吧。

我不知道自己什么时候会去留学，但如果有合适的机会，总会出去的，毕竟一辈子那么长，还有的是时间。

梦想可以迟到，但永远不会缺席。

04

但好在，我们在一步步、慢慢地现实自己的梦想。

另维，出身普通家庭，高三时突发奇想要去国外就读，于是他奋起学习，仅用了半年就考上了华盛顿大学，并且获得了全额奖学金。现在他是北美留学圈的KOL（Key Opinion Leader，关键意见领袖），新浪微博拥有几十万粉丝，还出版了多部图书。

小诗，同样出身普通家庭，她的梦想是环游世界。没有钱的她开始帮一些旅游平台写专栏。在自己穷游后，她也会写写感受和攻略……后来她的粉丝越来越多。现在的她，已经成了一名旅行体验师，好多平台邀请她到各地旅行。

目前，我也在申请旅行体验师，希望有一天也能赚着钱环游世界。

我记得小时候，大家聚在一起讨论长大后想干什么，有的人说想当考古学家，有的人说想当科学家，有的人说想当老师，我说我想当作家。

他们还嘲笑我说："作家那得是老了以后才能当的，你这个梦想有点儿遥远。"

后来，想当考古学家的那位在华尔街做金融分析师，想当科学家的那位当了中学教师，想当老师的那位做了行政专员。

只有我，还保持着初心，仍旧在成为作家的路上努力着，毕竟能写文字的并不就是作家，作家的确是需要知识沉淀后，才能够写出那种为大家所认可并对社会有价值的东西。

这个作家的梦想实现了吗？

我可能短时间不能给出确切的答案。

但我知道，如果你有想做的事，请一定要坚持它，每天努力一点儿。

或许别人只用一两年就可以做到的事，你需要用三年、五年甚至十年才能做到，请你不要放弃。梦想可以延期，但绝不能被抛弃。

坚持自己的喜欢，
就是最大的不平庸

01

2018年10月，我受邀参加第二届平遥国际电影展，看了很多获奖的国际影片，见到了很多导演和明星，跟活动举办者贾樟柯导演一起喝了汾酒，也结识了很多有趣的新朋友。

工作间隙，我和《China Daily》的记者小竹出去放松一下。人生地不熟的我们根据软件评分，去了好评最多的一家酒吧。

我们沿着导航一路走过去，找到了这间叫“相遇”的酒吧。

进去一看，不愧是评分最高的酒吧，就是特别——里面一个客人都没有，只有一个驻唱。这一瞬间，我们觉得被骗了。

但来都来了，那就进去坐坐吧。

我俩一进门，驻唱就放下吉他热情地跟我们打招呼，让我们随便坐……并火速递上酒水单。

我俩点了一杯龙舌兰日出、一杯蓝色珊瑚礁，这位驻唱应了后，就去吧台调酒了。

我觉得有点儿奇怪，就问：“你们这儿几个人啊？”

驻唱说：“以前是一个。”

“现在呢？”我们四处张望。

“以前有一个调酒师，国庆节后辞职了。现在老板、驻唱、服务员、调酒师都是我一个人，所以还是一个。”

说着，老板就把酒给我们端了上来，然后回到了驻唱的位置，自弹自唱了宋冬野的《斑马斑马》。

虽然我那杯龙舌兰喝着有点儿像止咳糖浆，但看在老板歌唱得不错的分上，没好意思给差评。

一曲唱完，我和小竹作为观众，觉得压力很大，只能竭尽所能地鼓掌叫好，以至于不让气氛过于尴尬。

我问老板可不可以点歌，老板说行，只要他会唱的都可以，他唯一的差评是因为顾客点的歌他不会唱。

为了不让老板为难，我点了一首广为流传的《往后余生》，老板很激动：“这个我会！”

整个酒吧只有我们三个人，氛围很轻松，两首歌唱完，我们就聊起天来。

老板的大学专业是美术，毕业后他在北京从事设计工作，虽然收入不错，但他觉得这种忙碌的生活不是自己想要的，就辞职回了平遥老家，把祖宅装修了一下，改造成了这间小小的酒吧，里面的设计装潢都是他一个人搞的。

酒吧没有驻唱总觉得少了点儿什么，但他又请不起好的驻唱，所以学过美声的他就正好趁这个机会自学了吉他，变成了一个民谣歌手。

老板的传奇经历把我和小竹都听呆了。我大呼："老板现在正是过着我想要的生活啊！羡慕！"

老板笑笑说："其实有利有弊吧，之前在北京的时候觉得世界喧嚣，现在在平遥也会觉得有很多不方便的地方。"

"那你当时是怎么有勇气离开北京回老家开酒吧的呢？"我又问道。

老板略一思忖，说："嗯……那个时候亲友都有一种奇怪的观点，觉得只有在大城市工作才算了不起，回老家就是没出息。然后我也不想过很平庸的生活，就留在了北京工作。"

"那后来呢？"小竹也好奇地问。

"后来，我工作了三年，收入也还可以，但总觉得这种每天忙忙碌碌的生活不是我想要的，我在慢慢地丢失自己。"老板扫了一下和弦，"其实我不是个有野心的人，我最大的梦想就是能开一间小酒吧，每天弹弹琴，然后和别人聊聊天……所以，想明白了这点，我就辞职回了老家。"

"那家人会支持你的想法吗？"

“一开始肯定是不能理解的，觉得你在北京每天的生活光鲜靓丽，赚得也不少，你只有混得不好才回家。不过后来，他们也慢慢理解了吧，就把这个祖宅让给我，也算是投资我创业了。”老板笑笑说。

“其实，能勇敢选择自己想要的生活，就已经很不平凡了，谁说只有大城市才能实现梦想呢？”

后来，酒吧里人渐渐多起来，老板忙着照顾生意，虽然他看上去有些疲惫，但笑容很真诚。

大概只有做自己喜欢的事，才会真的开心吧。

02

酒吧老板的经历让我想到了电影节的开幕片《半边天》。

这部电影由来自中国、俄罗斯、印度、巴西、南非的五位女性导演拍摄，五个独立的单元故事共同表达了女性独立和自我成长的主题。

其中，中国单元取名为《饺子》，由实力演员王珞丹、刘蓓和宗平出演，讲述了发生在一对母女身上的情感故事。

女儿是一个初入职场的普通上班族。

有天下午，她打电话给妈妈说想吃饺子，妈妈便和一位上了年纪的老头一起忙前忙后地准备起来。和面、擀皮、调馅、包饺子、下锅、出锅，他们配合得十分默契。

两个人刚把饭桌摆好，女儿就到家了，母亲盛好一碗饺子高兴地招呼女儿快来吃。

女儿看到从厨房走出来的老头，脸顿时拉了下来，她把门砰地一关，说“不吃了”，然后就回房间去了。

母亲既委屈又有点儿生气，小声抱怨道：“不是你说要吃饺子的吗？”

老头叹了口气，说：“没事，饺子凉了烙一烙还能当锅贴……”然后穿上外套，走了。

看到这里，我们才明白，原来老头不是她的丈夫。

第二天，母女坐在一起吃昨天的饺子烙成的锅贴。女儿问：“昨天的饺子是不是跟他一起包的？”

母亲点头，小声说：“是。”

女儿又问：“那条围巾，是不是给他织的？”

母亲又点头。

女儿接着问：“那天的羽毛球是不是跟他一起打的？”

母亲默不作声。

女儿开始教训起来：“自从我爸去世以后，我也想让你找个伴儿，可你也不能找他啊！我爸是大学教授，他是个厨子，你让别人以后怎么看我们？还不被人笑话死？我不允许你们再交往了！”

母亲和老头被迫分手。

母亲无奈又伤心，她把织的围巾拆了，团成球，和羽毛球拍一起收进了柜子，同时也收起了自己的快乐。

她不接受女儿给介绍的任何对象，也不再笑了，每天魂不守舍。

某天，母亲在择菜，女儿跟她说工作上的事，表示自己很受领导重视，可能会升职加薪，但遭到了同事们的忌妒，很不开心。

母亲心不在焉，敷衍地答应了几句。

女儿生气了，抱怨道：“怎么在公司紧张，在家里还不自在？！”

镜头一转，母亲和老头坐在街道边的连椅上，母亲掏出之前织的围巾送给老头。

老头叹口气说：“我知道你女儿一直都瞧不上我，我是个厨子，配不上你。”

母亲眼里闪着泪花，幽幽地说：“以前，他是教授，地位高，要求多，所以我跟他在一起的时候总是小心翼翼，压力很大，我很压抑自己。你知道我为什么喜欢跟你在一起吗？因为跟你在一起的时候，我很轻松，这人一自在了，就年轻了。”

这时，躲在树后碰巧听到他们对话的女儿流下了自责的泪水。

第二天，女儿对母亲说：“我辞职了。每天趴在小格子间里不是我想要的生活，我要选择我想做的事，开个面包店！我想活得自在一点儿。”

母亲表示支持，并到店里帮忙。意外的是，女儿找了老头来做厨师。

从此，三个人一起开店，过上了想要的快乐生活。

此时，传来女儿的画外音：坚持自己的喜欢，才是最大的不平庸。

其实，我们这一生无时无刻不在选择，也会做出很多身不由己的决定。

《饺子》里，女儿想过上成功人士的“标配生活”，于是窝在格子间钩心斗角，即使她并不开心；母亲之前虽然有教授丈夫，表面光鲜靓丽，其实内心很压抑。这些都是身不由己的选择。

好在，最后她们抛开了世俗的眼光，勇敢地选择了自己想要的生活。

我觉得，这不仅仅是女性独立的表现，更是每个人都需要的生活态度。

03

我的第一本书上市后，收获了很多的好评，也收到了一些质疑。

可能会武断地给我下定义：“你不就是个写‘鸡汤’的吗？”

好像所有的事情一旦和“鸡汤”扯上关系，人们就会变得不屑一顾。

这些负面的评论给了我一些压力。由于觉得自己写得不够好，写不出令读者满意的文章，所以我的第二本书虽然已经签约了好久，但我一直迟迟没有完稿。

后来，我也试着按照现如今畅销书的路子写，但我试着写了几篇，总是觉得刻意模仿别人的文风，那样的文章毫无生命力，甚至把自己的特色也丢掉了。

我之前特别不能理解“生活不止眼前的苟且”这句话，我觉得每个人都要工作，哪有什么苟且不苟且的呢？

直到现在我才感触到，不能做自己想做的事，其他的一切都是苟且啊。

慢慢地，我发现，其实每个人都有自己想做的事。我现在就想写一些正能量的文章激励更多迷茫的人，哪怕其中有一些不同的声音，这也是对我写作道路上的一种鞭策。

后来，我受邀做客中央人民广播电台文艺之声《品味书香》节目时，就跟主持人小马哥谈到过这个问题。

在节目中我提到，书也好，“鸡汤文”也好，都是一种工具，工具本身没有好坏之分，主要看人如何去使用它。

就像《饺子》中提到的，坚持自己喜欢的，才是最大的不平庸。

其实，人真正应该做的，是对自己的感觉和情绪忠诚。你怎样想，怎样感觉，就怎样选择。

成功失败，得到失去，这都是选择之后的结果，不应该成为选择的前提。

04

从象牙塔到浮沉人世，每个人都会经历人生的起起落落。

疲惫的一天里，你曾经所有的踌躇满志，可能会在顷刻间轰然崩塌；

身边的朋友可能都有了看上去还不错的生活，唯独你久久徘徊等待；

理想成了遥不可及的“乌托邦”……

但至少你还有自己喜欢做的事，疲惫的时候，也会有人跟你说“你已经做得很好了”。

人的一生会遇到很多不尽如人意的挫折，有过力不从心，也想过要放弃，但回过头来生活还在继续。面对未来，最重要的是你自己的决定，没人能说清楚哪条路才是对的。

每个人都有不自在的时候，没关系，只要你放下世俗的包袱，勇于选择自己热爱的事情，一切就都还来得及，毕竟人生还长着呢！

遇到意外，先别急着丧，万一呢

01

韩国“DDANZI日报”社长金语俊年轻的时候去欧洲背包旅行。

他在巴黎街头走进一家西装店，瞅准一套西装就往身上套，连衬衫、领带、皮鞋也通通换上了，一顿操作下来，就跟在自己家里穿自个儿的衣服一样，一气呵成。

然后他回头一看镜子：天哪，这个男神是谁？！

金语俊穿着西装在镜子前美滋滋地转了几圈后，他很满意，然后看了看价格，折合韩币大概是十二万，当时他身上一共有一百二十五万，所以想都没想就直接买了。结账的时候，他才发现少看了一个零，这套西装是一百二十万韩币。

金语俊震惊了，自己平生买的所有衣服加起来，都没这套贵！但他实在没法脱下来，因为镜子里的自己简直帅得“掉渣”。

于是他陷入了苦恼。他原本计划的行程还有两个月，每天省吃俭用只花两万韩币吃住，剩下的两个月才能挨过去，先算上这六十天分量的安全感。

“这六十天的安全感给我带来的幸福，能比现在把这套衣服买到手的幸福大吗？”金语俊略一思忖，得到答案：应该不会。

这时他面临三个选择：

1.算了，走吧。

2.等我到了三十岁，再回到这里，买件最称心的西装吧。

3.等等，后面的两个月，不是还没到吗？先别急着丧啊！

当时他选择了第三个选项，于是果断买下了那套西装，然后去公园露宿。他后来才知道，那套西装的牌子是“BOSS ”。

买下西装后的第二天，早上一醒，金语俊就开始发愁了：现在身上只有五万，接下来的日子怎么办？

他拿着这五万，找了个宾馆住了一晚，第二天早上，边结账边说：“老板，我去火车站拉三个客人过来，你就让我在这儿多住一晚吧。如果我能拉过来五个人以上，就按人头给我提成吧。”

老板答应了。

当天，他只花了一个小时，就拉过来三十多个住客。

凭什么？因为他穿着“BOSS”啊！穿“BOSS”，就是这么自信！

仅仅一周，他们的关系逆转了，老板跪求他说：“大神千万别走！”

当时金语俊手中已经攒了五十多万韩币，当时他想：我这么牛，干吗帮你做生意呢？

他发现当时的东欧国家，比较缺提供住宿的地方。于是他去了捷克，花了五十万韩币租了一套房子，然后直奔火车站拉客人。

在火车站，他一把拉过来一个刚下火车的帅小伙，说：“给你包吃住，跟我干吧！没理由不干吧？我穿着‘BOSS’呢！”

那是个英国小子，答应加入金语俊，而且他真的很能干。

这下子，金语俊的生意直接爆棚了。接下来，他又多雇了几个帅哥、美女来拉客，生意越来越好。

金语俊在那里当了一个月的皮包老板，吃得好，睡得香。当他离开捷克的时候，兜里一共揣着一千多万韩币。

这一切，就是源于他山穷水尽时做出的“最坏”选择。自那以后，他就有了一个一直遵守的原则：别急着丧，万一呢？

人在不顺心的时候，往往会陷入沮丧和失落，这个时候请再坚持一下，想想办法，说不定就能峰回路转柳暗花明呢？

02

随着分数线的公布，2018年的考研大战已基本落下帷幕。

朋友小江在工作两年后仍心系校园，毅然辞职，脱产备考，准备到中国传媒大学读研。

他查完成绩后，长舒一口气，三百八十多分，比去年的专业分数线还高了十几分，基本稳妥了，也算是没有辜负自己之前的努力。

正当他专心准备复试的时候，“中传”的自主招生线出来了，没想到这分数线比去年高了很多，而小江最终以一分之差无缘复试。

小江只觉得晴天霹雳，陷入了无尽的痛苦，一方面是觉得自己分高却不一定有学校可以上，很不公平；另一方面是自己辞职考研，也算是背水一战，这个时候找工作也不好找。未来可怎么办？

绝望之际，小江给我打电话，一上来就呜呜地哭，觉得自己的下半生完了。

我尽量安慰，说：“你这个分数挺高的，可以考虑调剂啊。”

小江哭道：“能调剂的学校都没有特别好的，我脱产考研要是去不了985，还有啥意思？”接着又是一阵哭号。

我继续劝慰：“你别想不开啊，先调剂看看，不要自暴自弃，要坚持下去啊，你想想你有什么一直坚持的事情吗？就是要有那种韧劲儿。”

小江想了想，说：“我好像一直坚持喜欢胸大的妹子，这个标准从未改变过。”

我沉默了一会儿，说：“嗯，你这倒也算是个初心不改。”

接下来的几天里，小江虽然也在联系调剂学校，但感觉整个人由内而外都散发着一股丧气。要不是几个朋友轮番劝诫，他可能早没有了去调剂的勇气。

突然有一天，他异常兴奋地宣布自己被“中传”录取了，因为学校突然扩招了！

人生的大起大落这几天里他全都经历了。

世事无常，其实有时候看似很糟糕的事情，也未尝不是一件好事，有些看似天上掉馅饼的事，也未必真的就是好事。

“塞翁失马焉知非福”，人在到了低谷的时候，先别急着丧，耐心一点儿，开心一点儿，万一呢？

毕竟，怎么过不是一天？

不要让自己“死”在狭隘的朋友圈里

01

有一段时间，我的朋友圈被区块链刷屏了，一夜之间好像大家都去做虚拟币了，遍地“韭菜”。

我和朋友讨论起这件事的时候，朋友一脸茫然道：“没有吧，大家不是都在研究政策报告吗？”

这个朋友是一名兢兢业业的公务员，他周围的人自然也属于公务员的圈子，所以他每天看到的信息、接触的人都是讨论相关的政策话题的，他就以为所有人都这么忧国忧民。而我也因为看到的大部分信息都是区块链，就想当然地认为它成了全民热捧的新风口。

因为工作关系，我接触的媒体人比较多，大家都写作出书，没一两本上市的畅销作品都不好意思跟别人打招呼。

我跟同学感慨：“感觉现在出版业的门槛好低啊，每个人都可以出书，内容参差不齐，现在还有人看吗？”

同学很惊奇地说：“是吗？可我依旧觉得能出一本书是一件很神圣的事啊，我认识的签了书的人也只有你一个呀。”

原来，是我在这行做得久了，就以为写作出书是一件很简单正常的事，可所谓“隔行如隔山”，别人未必觉得它普通。

江姑娘大学毕业的时候，看到周围的同学都在准备考公务员和事业编，她也勤勤恳恳地跟着复习报考，结果都没有考上，她很绝望，觉得自己今年找不到工作了，于是跟我诉苦。

这种想法让我感到讶异，我跟她说：“也不一定非要去做公务员啊，把条件放宽一些，还是有很多工作机会的。再不行，你先找一个工作，边工作边备考明年的啊，不至于这么绝望。”

江姑娘泪眼婆娑地说：“我周围的人都去做公务员了，大家都觉得那是一份无上光荣的职业，再不济的也去了事业单位，虽然工资不高，但工作体面啊。”

很明显，江姑娘的择业观和就业观被周围陈旧的观念限制了，她还是觉得只有“铁饭碗”是体面的，却不知道这个社会已经飞速发展，新行业、新观念层出不穷，风口浪尖一个接着一个，一个人思想稍有落后，就会被时代远远抛在后面。

我不认为江姑娘的观念有问题，毕竟每个人都有自己的选择，但我觉得她还是应该多接触一些不同的人，认识到人生并非要一条路走到黑，其实还有许多的路可以走。

于是在一次朋友聚会中，我叫上了江姑娘。参加聚会的小伙伴里，有全职写作的自由作家，有准备去国外Gap Year的毕业生，有独立创业者，有企业总监，也有中学教师等，大家身份不同，工作各异，但都在自己的行业里干得很开心，也不会去羡慕别人的生活。

聚会之后，江姑娘很受启发，发现原来不是只有公务员、事业编、国企这种“铁饭碗”才能实现自身的价值，原来人生还可以有这么多的选择，原来这个世界上还有这么多的人过着不同的人生。

她不再绝望沮丧，换了全新的眼光来找工作，最后去了一家待遇不错的外企做翻译，工作也很顺利，后来她一度跟我感慨说：“以前从没想过做除公务员之外的工作，现在觉得当时的自己真的很狭隘。”

在同一个环境里待久了，我们真的太容易被限制眼界，以为自己看到的就是全世界，其实那不过是管中窥豹罢了。在同一个圈子待得久了，即使做得再好，不跨出这个“圈”去听不同的声音，终究也是井底之蛙。

02

我知道一个“网红作家”，在圈内很有名气，自带一大批粉丝。大概是他觉得自己是“网红”的原因吧，平时待人也有几分傲气。

有一次他去一所高校做签售的宣传，本以为会全场爆满，结果来的人却寥寥无几。他很受伤，但还是保持微笑地做完了这场活动。

活动结束后，他叫住了刚才参加互动的一位同学，主动提出说：“我们合个影吧，我送你一本签名书。”

没想到人家拒绝了他的好意，那个同学推推眼镜说：“其实，我不是你的粉丝，我也不知道你是谁，我之所以来，是因为走错教室了。”那个同学说完抱着书淡定地走了，留下他一人在原地石化。

经过这次的打击之后，他回家闭关反思，出关后，整个人变得低调谦虚了许多。

他说：“以前接触的都是圈内人和自己的粉丝，到哪里都受追捧，就觉得自己是世界的宠儿。经过那次打击后才明白，原来我不过是在一个小圈子里吃得开而已，出了这个圈儿，我什么也不是。还是好好努力，让自己有更多的影响力吧。”

去年我去一个叫C市的地方出差，当地的相关领导及其员工给我接风。

饭局从晚上七点持续到晚上九点多，还没有散局的意思，我有点儿疲倦了，又念着第二天的工作，就婉言对那位领导说：“明天还要工作，咱们今天就先散了吧，明天再聊，谢谢款待。”

那位领导底下的几个员工也早就坐不住了，可谁也没敢提“散局”的要求，他们听到我提的建议，纷纷渴望地看着那位领导。没想到那位领导对着我说："这才几点，咱们去第二场，你不去就是嫌弃我们招待不周。"

我一再推托都不行，就悄悄跟旁边一个女同事说："太晚了，我实在不想去了，让他们去，我们先走吧。"

本以为同样疲倦的女同事会同意，没想到她说："唉，你还是年轻啊，一般领导不发话，我们是不能散的啊！一起去吧。"

我很纳闷，说："这么晚了，大家明天还要工作，都不回家休息吗？"

女同事说："其实我也很困了，但得听'上级'的啊。"

我看同行无望，就对那位领导说："我今天坐了几个小时的车有些累了，明天还要工作，就先回去了。"

那位领导可能有点儿喝高了，说："你要走了，那就是不尊重我们，你不把我放在眼里。"

我叹了口气，说："您强制我的意愿同样也是不尊重我吧？还有，我尊重您是因为您是我们的合作方，而不是因为您领导的身份。"

说完，我直接自己打车回了住处。

第二天，那位领导为昨天的失态跟我道歉，并感慨说自己可能被下边的工作人员顺从惯了，觉得自己做的决定都是对的，是不可被否决的。看来要好好反思一下自己了。

其实在生活中，我们经常会遇到这类事，比如媒体圈儿的新贵进了金融圈就变成了无名小卒，创投圈儿的大佬到了教育圈就成了路人甲。世界很大，不迈出那个圈儿，你永远无法认识到自己的欠缺和渺小。

只在自己的圈子里“画地为牢”的人是危险的，这样往往会被周围熟悉的环境和人群惯坏，看不到自己的问题，也容易固步自封，甚至飞扬跋扈。

多接触一些其他地区、其他行业的人，你就会发现世界非常广袤，人类永远渺小，一时的成功与失败、欢乐与痛苦，其实都不值一提。

03

有的人问：我想开阔眼界，是不是要去很多地方旅行才可以啊？可我没钱、没时间，那我这辈子岂不是永远没有眼界了？

其实不然。

开阔眼界并非在于你走了多少里路，而在于你经历了多少种不同的人和事。

我自己是个旅行爱好者，大大小小的地方也都去过不少，可每当后来回想的时候，印象深的从不是在哪里看到的名胜古迹、自然风光，而是遇到的人、经历的事，哪怕与他们是萍水相逢，哪怕它们是那么的微不足道！

比如很多年前我去大连，现在想起来，不管是老虎滩，还是星海广场；不管是金石滩，还是滨海路，在我脑海中的印象都已经很模糊了，印象最深的还是一堆散乱的人群在公交站前等车……当公交车来了的时候，原本散乱的人群自发排好队有秩序地上车，还让老人排在了前面。市民素质可见一斑，这让我对大连人民顿时增加了几分好感。

又比如我去过深圳，印象最深的不是世界之窗，也不是壹方城。提到这个城市我想到的第一件事就是，我买地铁票的时候，机器坏了，纸币不行，只能投硬币，我还差两个硬币才能买到要去的站，本想让后边的人先买，我去换点儿硬币，结果后边的大哥直接帮我投了两个硬币，我当时要微信转账给他，大哥坚决不要，还告诉我“深圳欢迎你，要相信世上还是好人多”。这让我在陌生的城市感受到了人间的温暖。

没想到这位大哥自己买票的时候也差了一个硬币，很尴尬。结果后边的大姐二话没说直接帮他投了。这件事让我记了很久，后来它也影响着我的一些做事方式。

这些小事和反思就是我出行的收获，如果单纯地走马观花，那对个人成长的帮助真的微乎其微。

之前有一句话很火，叫“圈子不同，不必强融”。曾经我也把它奉为社交的箴言，可后来发现，只待在自己的圈子里，真的很难发现新的乐趣。

或许我们不必强融于每一个圈子，但我们一定要学会打破自己习惯的圈子，去看看外面的人和世界。不必强融进圈子，但要不断地去碰撞和吸收新的东西。

不要让自己“死”在狭隘的朋友圈里。

高级的人如何打破焦虑感

01

前几天，有个读者私信了我一个问题：“西风老师，我今年在国外博士毕业，你说我是该回国发展还是留在国外？”

我说：“这个要根据你读的专业和所从事的行业来判断吧。”

他说：“我读的是物理，‘本硕’在国内Top2的学校读的，现在是MIT（麻省理工学院）博士在读。回国内发展的话可能会更稳定一些，但生存压力也很大；留在美国的话也有很多现实问题要考虑。我现在很焦虑，也很迷茫，希望你能给我一些建议。”

听完后我瑟瑟发抖，毕竟我是一个当年物理考过六十多分的人……

我说："对于你的专业和发展方向我不是很了解，回国还是留在国外都各有利弊，看你想要怎样的人生和生活了。"

他又问："那你觉得我应该过怎样的生活、走怎样的路比较好？"

一个受过高等教育、阅历比我丰富的人，居然想把他人生大方向的决定权交到我这样一个陌生人手里，我不光感到震惊，还有一阵悲哀。

我说："每个人都有自己的路要走，做选择之前你可以先想想自己的目标是什么，比如事业，比如人生。"

他发来一个纠结的表情，说："读书的时候不用想太多，做好研究和论文就好了。现在面临毕业，我只想找一个好工作，但具体做什么，我也不知道。"

我不禁想到了前段时间高晓松在《奇葩说》中批判的那个清华学霸。

那个学霸一上来就很自豪地说自己拥有法律、金融、新闻传播三个学位的清华学历，但不知道毕业该做什么，自己选择这三个专业也仅仅是想丰富自己的经历。

此时高晓松已经听不下去，他直言一个名校生对国家和社会没有自己的想法，反而纠结找什么样的工作，如此小的格局实在有失名校学子的身份。

高晓松甚至以一句话对他进行了全盘否定："一个名校生走

到这里来，问我们你该找什么工作，你觉得你愧不愧对母校多年的教育？”

通过这些事情和我身边的一些例子，我发现其实很多人不知道自己真正想干什么，甚至不知道自己到底喜欢什么，活得一塌糊涂。

我开头提到的那位读者，他拥有最好的学习资源，却不懂得珍惜和利用，在迷茫和焦虑中白白浪费精力和自己的才华。

那位学霸可以在三个毫无关联的学科中如鱼得水，说明他具备很强的学习能力，也很优秀，但他换专业的目的在于丰富阅历，点缀自己，而不是真的喜欢这个专业，说白了也不过是“水中芦苇”——头重脚轻根底浅，同样是白白浪费了自己的才能和年华。

他们这些迷茫和焦虑归根到底，就是缺乏一个明确的目标。

小时候，老师家长跟我们说，你要好好学习，考上一个好的中学，然后考上一个好的大学。然后最好再考个研究生，或者出国留个学。然后回国找个好工作，最好是国企、事业单位或者公务员，稳定。然后再结婚，生孩子，生二胎。然后再让你的孩子好好学习，考上一个好的中学、大学……如此循环往复，子子孙孙无穷尽矣。

于是，很多人就在潜移默化中遵循了这种模式，丧失了独立思考的能力，不知道自己喜欢做什么、擅长做什么，甚至不知道自己想做什么。他们看似一天天地过来了，或许还过得挺好，其实每天就像行尸走肉般浑浑噩噩。如此时间久了，人就会产生一种迷茫感，眼看时间流逝，自己也想努把力，却不知道从何做起。

这种梦想与迷茫之间的落差，就形成了焦虑感。

02

焦虑不可怕，其实每个人都会焦虑。

有一天，我和《超级演说家》的冠军刘媛媛一起吃饭，她说自己每天也很焦虑，当初自己参加比赛，只想拿到那一百万的奖金，后来凭借那场“寒门贵子”的演讲夺了冠，拿到了一百万，却更加焦虑了，不知道如何有效利用这一百万。

最后她选择了创业。

创业初期，她每天都很迷茫，也很焦虑，成效也不好。后来她决定找准一个方向，做网络课程，然后专攻这个领域，把公司的大目标分解为一个个小目标，慢慢地越做越顺手。

现在她依旧焦虑，可她通过制定目标，把这种焦虑巧妙地化解成了一个个动力，公司正在慢慢步入正轨。

焦虑其实是一种常态，只不过有的人学会了打破焦虑，而有的人永远被焦虑感所折磨。

打破焦虑感的最佳方法就是给自己制定一个目标，然后学会分解目标。

03

我有一个发小，我俩一起长大，一起吃饭，在同一个学校念书，喜欢的东西和感兴趣的话题也一样。唯一不同的是，每天中午她都会神神秘秘地趴在桌子上写一个小纸条，然后装到衣服的口袋里。

我很好奇，就问她写的是什么东西。

她很正经地对我说：“我们每天都要给自己一个小目标。”

当时正在读小学二年级的我突然感觉她变得高深莫测起来，我摇摇头，然后继续打游戏去了。

许多年后，她考上了斯坦福的研究生，而我……还在码字。

那个时候我才知道原来当时她每天写的神秘小纸条，就是她每天要求自己做的事情。

差距不是一天出现的，而是藏在每一个细节中。优秀也不是一天养成的习惯，而是长年累月的坚持。而我们的人生，更不是由一个专业、一份工作所能决定的，而是由一个个目标决定的。

04

当你觉得迷茫的时候，先不要急着焦虑，想想自己的目标是什么，然后把这个大目标分解成一个一个的小目标去执行、去打破。比如，你想拿到一个offer ，先要知道它需要哪些条件，然后一个一个去满足这些条件。

回到开头所讲的那位读者的问题，如果他不知道自己毕业后该回国还是留在国外，那他就要先想明白自己想要的是金钱、成就、名誉、地位、安逸、科研，还是稳定。只要想明白了自己的人生大方向以后，再把大目标细化为小的目标，权衡国内外的利弊，就比较好做决定了。

不要担心完成目标所用时间的长短，当你真正投入，焦虑感全部都会化为成就感。

世界日新月异，每天都有奇迹发生。

PART 2

活得高级比穿得高级更重要

YOUR LIFE
WITH A HIGH TASTE

Tasty life

高级的人从不回避内心的恐惧

01

去年“十一”假期的时候，我去了一趟香港，作为一名“大龄儿童”终于打卡了香港的迪士尼乐园。

我因为是第一次去，没啥经验，不知道哪个项目好玩，就找了人多排队长的那个。中国人喜欢跟风和扎堆，我相信人民群众的眼光总是没错的。

我排的这个游戏项目，叫“星战极速穿梭”。

我没做攻略，也不知道是什么游戏项目，心想它既然人气最旺，那肯定就最好玩嘛。

排队的时候我刷到一条新闻：在重庆某游乐园内，游客体验高空游乐项目“极限飞跃”时，安全绳索突然脱落，好在该名游客恰好跳到了安全地带，才侥幸躲过一劫。当时新闻里还附带了网友拍的现场视频。这段视频看得我出了一身冷汗，我跟同伴说："这种危险的游戏项目，我是不敢试的，海盗船是我的极限，像过山车、蹦极这种游戏，是不可能玩的，这辈子都不可能！太可怕了，我得吓死在上面！"

正说着，就排到我们了。

工作人员指引我们坐上了一个类似小火车的车斗里，叮嘱我们扣紧安全带，我还天真地想：这大概就是类似迪士尼小火车之类的观光小车吧，好可爱。

叮的一声，游戏开始，小火车启动了，前面的大门打开，火车缓缓驶入，里面漆黑一片，什么都看不见。

我有点儿纳闷：这到底是什么游戏啊？

突然，前方路面亮起白色的灯，是轨道的形状，我们坐的"小火车"开始慢慢向上行驶。我一瞬间反应过来了：这是室内过山车！

下去是不可能的了，只能硬挺着了，于是我被推到轨道的最高点，然后我只能两眼一闭，咬紧牙关，生无可恋地开始等待之后自由落体般的失重感。

哗的一声，"火车"呈90度垂直下滑，全车人集体尖叫。我全程不敢睁眼，嗓子仿佛不受自己控制了，开始嗷嗷大叫……但这个时刻完全听不到自己的声音。

接着90度左倾、右倾、360度旋转、直冲、下坠……你能想到的角度这里都帮你实现了。

为了增加刺激感，“小火车”还会自己摇晃，让人分分钟有要掉下去的绝望感，有一瞬间，我甚至觉得自己就要交待在这儿了。

就在我要绝望的时候，游戏结束了。

大门打开，阳光照进来的那一瞬间，我以为自己到了天堂。

出来后，我感觉自己还在摇晃，站都站不稳，得扶墙走。平息了一会儿后，我竟突然像阿Q般勇敢起来了：咦，我也是坐过过山车的人了！过山车也不过如此嘛，有什么好怕的。

02

如此想来，我好像经常给自己设置未知的恐惧感，尤其是在面对从未体会过的事物时。

第一次参加演讲比赛的时候，上台前我紧张到双手出冷汗，拿着稿子一遍又一遍地背，虽然自己都不知道自己在背什么，脑海里想的都是自己上台后忘词，在几百人面前尴尬站着的场景。

临上台的前一刻，我竟有放弃比赛的念头。

但真正上台以后，我发现自己居然一点儿也不紧张了，不但对稿子倒背如流，还能即兴发挥，最后拿了一等奖。

这次的成功经验为我以后成为公益讲师、做采访、作讲座打下了坚实的基础，从此以后我很少有怯场的情况，面对观众基本都可以即兴发挥。

第一次滑冰的时候，我穿着不太合脚的冰刀，扶着护栏，在冰场上战战兢兢。

看到冰场上滑行自如、身轻如燕的其他人，我脑海里想的是：万一我一上去滑倒了，岂不是摔得很疼？万一我被别人碰倒了，冰刀划破了我的皮肤，血溅当场怎么办？

于是我迟迟不肯动，最后护栏都快被我焐化了。老师看不下去了，居然从背后推了我一把，我猝不及防地就滑到了冰场中央。试了几下后，居然学会了。原来滑冰也没什么可怕嘛。

第一次学车的时候，我紧紧握着方向盘，一动不敢动，于是经常出现如下场景——

教练：“你看到那个人了吗？”

我：“看到了……”

教练：“撞他！”

我：“这不好吧，我不敢……”

教练：“不敢你还不踩刹车！”

还有一次，我们去刷学时，教练语重心长地问我：“红灯你不过，绿灯你也不过，是不是没有你喜欢的颜色？”

最后要考试了——

我：“教练，我好紧张啊！”

教练已经放弃了：“你紧张个×，该紧张的是走路的人！啥也别管，你就瞎开吧！”

于是我也豁出去了，一顿操作猛如虎，最后居然过了……

考试前我觉得“驾考”是世界上最难的考试，比什么高考、雅思啥的难多了，但考过之后发现，也不过如此！

古典在《拆掉思维的墙》中写道：背对恐惧最可怕，当你真的转过脸去面对，会发现其实没什么好怕的。

我每次都在事情尚未发生前，想象最坏的结果，所以无端给了自己很大的压力，这些压力影响了我的发挥，也给我增加了很多心理上的痛苦，其实这些恐惧不过是我给自己画的“纸老虎”。

恐惧才是真正的懦夫，当你准备好接受最坏的结果，豁出去跟它大干一场的时候，它早就不知道躲到哪里去了。

03

之前我看到过一则国外的报道。

在西伯利亚东北部，有一片原始的针叶林被称为“魔鬼之林”，因为曾有探险队员亲眼看到自己的队友进入针叶林后，一瞬间变成了干尸。

伏尔加格勒理工学院的斯泽尔教授并不相信这个世界上真的有魔鬼存在。为了揭开其中的玄机，他决定冒险亲自前去探察。他在临行前做了充分准备，而且特地带了两只活蹦乱跳的健康驯鹿一同前去。

进入那片针叶林时，以防万一，斯泽尔教授让人把两只驯鹿用长绳拴着赶进密林中让其带路，众人则有意保持一段安全距离，持着绳子的另一端跟在后面观察动静。

起初大家并没有见到什么异常情况，他们甚至一度怀疑这是个谣言。不想就在这时，诡异离奇的恐怖画面出现了！

走在前方的两只驯鹿突然发出悲惨的号叫，人们惊异地发现怎么也拉不动长绳了，两只驯鹿好像生了根一般被牢牢固定在原地。

更加惊人的是，不远处的两只驯鹿像被附上了某种魔法般剧烈抽搐起来，不一会儿便只剩下了罩在骨架上的干皮！

众人“费了九牛二虎之力”，才把两副驯鹿骨架拖拽回来。剥开它们的毛皮一检查，人们再次瞠目结舌：如此短的时间内，两只驯鹿的血肉好似迅速蒸发到空气中一般！而且根据望远镜观察和相机拍摄到的场景来看，现场地面上也没留下什么血肉之类的东西。

那么这些血肉到底“飞”到哪里去了呢？难道真的被魔鬼吸去了吗？

斯泽尔教授仔细查看原先绑在其中一只驯鹿身上的地球磁场探测仪，捕捉到一个重要信息：血案事发地的磁场强度竟然比地球其他地区高上百倍！

看到这里，斯泽尔教授不禁灵光一闪，而后慢慢推断出那些人和动物遇害的真相。

为了证实自己的猜测，回到学院后斯泽尔教授率领队员立即着手进行一项实验。

为了模仿出那片针叶林地带的高强度磁场，他在高压电子发生器上缠绕了大量磁线圈，并且在通电后不断调整，直到与那片针叶林地带的磁力数值大小相同。

然后他把一只羚羊赶进实验室里。在极高磁力的作用下，羚羊发出悲惨的叫声，身子严重扭曲变形，在很短的时间内就变成一具失去血肉而只剩下皮毛和骨架的干尸。

斯泽尔教授告诉人们：地球磁场的磁力方向是由北极向南极流动的，人类在长期进化中已能适应正常情况下的地球磁力，但那个针叶林地带部分区域的磁场强度是极大的，它们能够在瞬间使生物体细胞里的水分迅速脱尽而成为地地道道的干尸。生长在该地的植物之所以不怕这种高强度磁力，是因为植物有厚厚的细胞壁，可以如同避雷针一样完全屏蔽磁力影响，而人和动物没有像针叶树那样厚的细胞壁，磁力能直接作用于细胞，夺去细胞中的水分。

之前被妖魔化的“魔鬼森林”，在被查清真相后，其实根本没有那么可怕。

第一道闪电、第一束火苗……能让人类进步的所有事情，都是由恐惧开始的，把最恐怖的地方变成最美丽的景色，这才是人类的梦想。

所有人都会有害怕的东西，但如果感到恐惧就躲起来，那世界就会变得越来越小。当你找到内心最深的恐惧，然后直面它的时候，恐惧自然会烟消云散。

真正勇敢的人，不是没有恐惧，而是敢于直面恐惧。

高层次的人，
都有深度思考的能力

01

抖音上一个叫“成都小甜甜”的女孩火了，她一夜之间收获500多万粉丝。

视频是一段街头采访，当被问到“你觉得男人一个月多少工资可以养活你”时，这位小姐姐的回答是：“能带我吃饭就好。”

这句话莫名点燃了众多寂寞男子的心，他们一边高呼“我这么努力就是为了找到这样单纯的女孩啊”，一边前赴后继地赶往成都争相请女孩吃饭，甚至发起了“决战成都”的挑战帖。

女孩一句普普通通的话居然引发了一场网络狂欢，这件事着

实令人感到惊讶。

我们暂且不去追究这是不是一次大型的营销活动，单就这件事暴露的问题来说，我们的深度思考能力，正在一点儿点儿地消失。

02

你的身边，有多少人每天都在刷抖音？

“我们一起学猫叫，一起喵喵喵……”

“像一棵海草海草，随风飘摇……”

这些“神曲”无时无刻不回荡在我们耳边。

刻意隐藏时间的短视频软件慢慢地占据着我们的时间，我们没有时间健身、没有时间读书、没有时间陪伴家人……却将大量的精力和时间消耗在这些软件上，每当跟着视频笑过后，留下的只有无尽的空虚……

再回想一下，我们的朋友圈是不是经常充斥着读书打卡、课程打卡的图片。

“今天我跟随×读完了××个字。”

“今天我已学习完××老师的××课程。”

随着知识爆炸时代的到来和网络的日益便捷，我们可以通过很多途径，轻易地获取大量的信息。

我们看到哈佛学霸、清华老师开的课程，就迫不及待地去买，以为通过短短的十几节课，就能获得名校同等的教育内容，达到名校毕业生的水平。

我们更偏爱“干货”，企图用最短的时间和最少的精力去获取更多的知识。

曾经有个想学写作的姑娘问我写作有什么技巧，我说：“技巧不是最重要的，重要的是对生活的感悟和思考，技巧拼接出来的文章毫无意义。”

她表示很失望，又问我多久看完一本书，我说“平均一周吧”。

她非常惊讶地说：“居然要一周。我一个小时就能看完一本书。”

我说：“那你很厉害，请问你是怎样看的呢？”

她说：“我就先看目录，然后挑重点章节看，把握书的核心就行了。你那种按部就班的读书方法早就过时了，现在这个时代需要我们快速吸收知识，你该适时改变了！”

然后她失望地走了。

听到她的读书方式，我就知道如果不改变这种急躁的心态，她这辈子都很难有所突破，不止在写作领域。

我们买东西的时候都知道“一分钱一分货”的道理，可放到学习领域，偏偏就会忘记这个简单的真理。

你花一小时读完一本书和花一周读完一本书，结果肯定是不同的，读书最重要的不是获取信息，而是通过自身的思考，将获取的信息转化为自己的思想。

而快节奏的生活和信息的便捷让我们变得急功近利。

看一本书期待它让我们变得深刻，健一次身期待它能让我们迅速瘦下来，对别人好期待被报之以好，发一个朋友圈期待被点赞，参加一个活动期待换来丰富的经历……这些预设的期待如果实现了，我们长舒一口气，如果没有实现呢，我们自怨自艾，觉得浪费时间。

以前的人，用几十年的时间读书，用一天的时间写字，那时候不期待结果，所以更会去思考，而现在，我们的深度思考能力正在被浮躁的心吞噬。

03

我之前听到过一个段子——

问：现在年轻人一般如何得知国际形势？

神回复：晚上撸串的时候，听听邻桌怎么说。

这虽然是一个比较冷的段子，但也从侧面反映出当代年轻人的一个问题：有从众心理，喜欢随大流。

每隔一段时间，我们的朋友圈就会被一些所谓的“爆文”刷屏，即使这些事后都被证实是一场营销，即使事件多次反转、打脸，可当下一波“爆文”来袭的时候，还是有人会乐此不疲地转发。

这是因为我们的深度思考能力正渐渐地被情绪所代替。

几句煽风点火的话激发了我们的荷尔蒙，我们并不会思考文章背后的真实性，或者只是看到朋友圈里的人都在转，自己不转显得很不合群，于是从众转发。

但无数事实告诉我们，群体的聚集，往往不是放大智慧，而是放大愚蠢。人云亦云，被别人引导着思考、选择，却还以为是自己的判断。殊不知，从众其实是披着外衣的愚蠢。

04

美团的王兴在一次接受采访时说："多数人为了逃避真正的思考愿意做任何事。"

这话乍听之下，你可能觉得有些难以理解，那我讲两个真实的故事吧。

平面设计师圈里有一句话广为流传：VPN 的网速决定了我设计的质量。

有些设计师在缺乏灵感的时候，会通过VPN链接到国外的网站，参考国外的设计风格。

一开始，有些设计师还会研究学习国外优秀设计作品的构思，然后创作自己的设计，后来他们觉得这样太麻烦了，干脆直接在国外设计作品上稍作修改，自己不用花费精力，也不用动脑子，领导还满意，于是就一直打这种抄袭的擦边球。

一旦某天VPN网速不好，登不上国外网站的时候，他们就会灵感枯竭，很难设计出优秀的作品我还有一个朋友是写“网文”的。

一开始，他每天下班回家都要伏案写作，每天更文几千字，笔耕不辍，收获了一大批粉丝，后来他无意中发现了一款“网文神器”，就是你输入一个或者几个关键字，软件就会自动为你组合出几十，甚至上百种相关描写，作者只需复制、粘贴就可以了。

发现“神器”后的朋友尝到了甜头，每天拼拼凑凑，十几分钟就能“写”出几千字，还不用费神构思，也不用看书填补相关知识，轻松收获大笔稿费。

可后来朋友拼凑出来的文章由于缺乏新意，阅读量在慢慢下降，当他幡然醒悟想重新创作的时候，却发现自己已经失去了思考和创作的能力……

日本作家船川淳志在《思考力决定竞争力》一书中用“思考关机”来形容这种放弃思考的行为。

思考关机指的是，一想到思考太麻烦，就放弃继续思考，或者一味依赖别人去想，主动让自己的头脑处于关机状态。

不得不承认，当我们越来越沉迷和依赖“低投入，高回报”的方式时，就会慢慢让大脑处于“思考关机”状态，从而失去深度思考的能力。

05

知识爆炸时代，抽象能力是决定性的能力。从知识碎片中抽取脉络自成体系，并应用于世界的认识和改造，这种能力是你对学习、职场、自我认知的深度思考能力，人只有培养有效的思考习惯，才能拥有核心竞争力。

那么，我们怎样才能培养自己的深度思考能力呢？

1.认真投入，不要急功近利

首先要放平自己的心态，不要急于求成。不要期望听了一节课水平就能突飞猛进，要不断反思和实践别人提供的思路。你只管努力，剩下的交给时间就好。

2.学会思考信息背后的含义

爱因斯坦说："如果给我一个小时解答一道决定我生死的问题，我会花五十五分钟弄清楚这道题到底在问什么，一旦清楚了它到底在问什么，剩下的五分钟足够回答这个问题。"

当我们获取了一个信息时，不要被舆论牵着鼻子走，而要思考看不见的问题，也就是"水面之下的冰山部分"。

我们看不到的部分，远远比能看到的部分多，因此，凡事多问几个为什么。有时候，问题比答案本身更重要。

3.拒绝思维懒惰，习惯于深度思考

永远不要用战术上的勤奋掩盖战略上的懒惰，要打破自己的思考舒适区，遇到问题不要依赖外界帮助，先用自己的方式去思考，哪怕不能很深刻，但刀越磨越锋利，我们的思考也会越来越有深度。

卢梭说："人是有思想的芦苇。"

我们没必要成为思想家，也没必要成为某个领域的领袖，但我们需要有深度思考的能力，在遇到事情的时候，能保持自己的判断，宁做“有思想的芦苇”，也不做“被宰割的韭菜”。

这样就够了。

穿得高级不如活得高级

01

我和慧慧是在一次媒体活动上认识的，当时她坐我旁边，主动加了我的微信。

当时，我发现她盯着我看了好久，最后用羡慕的眼神问我：“你这块表是不是天梭的那款杜鲁尔经典款？”

我愣了一下，说：“不是啊，是一个香港的牌子，不算大众。”

她惊奇地说：“看着和天梭的好像啊！我一直想买一款天梭的表，可惜现在还买不起，在找便宜的代购。”

我说：“代购不一定是正品吧，这种东西买到假货，白花钱还闹心，还是去店里买吧，或者等有折扣的时候。”

她一脸委屈地说：“专柜我可买不起，代购比折扣还要便宜很多呢！”

我对表没有什么研究，出于好奇还是在网上搜了一下姑娘口中的那款表，发现价格是我这块表的二十倍！还没我这块好看……

平时，慧慧经常发一些名品的链接给我，问我有没有用过或者好不好看……我对奢侈品没有太大的兴趣，只能用“直男”的思维敷衍说：“好看，你用什么都好看。”

之后我们又碰到一次，慧慧惊奇地盯着我的脖子问：“哇，你这个项链是不是宝格丽的四叶草？”

我又被问得措手不及，一脸问号：“什么玩意？我这个是之前去古镇的时候二十块钱在小店淘的，觉得形状好看就买了……”

“但看着好像真的啊！我发现你真的有一种用什么都像名品的魔力！”慧慧啧啧称赞。她不经意地用手将头发拨到耳后的时候，我看到了她之前提到过的那款天梭女表戴在了手腕上。

于是我随口问了一下：“你买那款表了呀，挺好看的。”

慧慧立马兴奋起来：“是啊，很好看是不是？我找代购买的，只用了原价的三分之一！”

折扣这么大的名表，正品的几率会是多少呢？

我默默叹了口气，心想：这个傻丫头。

后来，慧慧经常约我逛一些名品店，不外乎包包、鞋子、化妆品……但我的确很忙，已经没有多少时间逛街，也对这些不感兴趣，出于礼貌陪了她一两次之后，日后她的邀约就找借口回避了。

后来我无意中了解到，慧慧工作两年多，现在工资才刚刚过万，只能算一个普通的小职员，还远远达不到能消费名品的地步。

她每个月不但存不下钱，还要透支信用卡、花呗等来维持自己的生活，只为了满足自己对于奢侈品的欲望。

有一次，慧慧正兴奋地挑选着一款包的时候，我忍不住问她：“这个包哪里好看？”

“是Fendi 的呀！别管好不好看，要的是品牌，品牌是身份的象征啊！”慧慧一边回答，一边又把那款包背在身上反复试，“你不喜欢这个吗？你平时都买什么包啊？”

我想了下，好像有点儿明白她的心态了，说：“我现在好像已经过了那个阶段了。”

02

曾经，我也有过一段盲目喜欢收集名品的经历。

我刚工作的时候，有一次，去和一家公司的商务经理谈合作。

对方是个装扮很精致的女性，通身的Logo 气派。

从我坐下的那一刻起，她的注意力明显不在我们之间的对话上，而更多地在我身上，我的穿着、鞋子和包包……

一瞬间，我明白了她的意思。因为我的穿着没有显现出很有钱的样子，所以她觉得我不行，开始轻视我了。

那个时候，我还会被对方的轻视搞得如坐针毡，好像自己是个被围观的丑小鸭。

最后，在她敷衍的态度下，我主动终结了我们之间的这场谈话。

后来，她主动找我合作，我连约谈的机会都没给她，直接回绝了。我觉得对于这种不懂得尊重别人的人，没有必要浪费我的时间。

但这件事让涉世未深的我走进了一个误区：品位决定身价，而品牌决定品位。

所以，为了获得应有的尊重，我开始买一些之前自己并不太感冒的名品，一开始是五六百的裙子、七八百的鞋子，后来随着收入的增加，几千的外套、大牌的包包也会买。

这些东西买回来后，新鲜劲儿一过我就不再用了。

那时候名品加身的我仿佛被赐予了自信，每当心虚和紧张的时候，都得靠它们“加持”。我会产生一种错觉，好像用了名品，自己的等级就提升了一个档次一般。

后来，一次作家圈的聚会，我也参加了。

我看着名单，发现有一票儿的名家，心想那一定档次都很高吧。为了不“丢人现眼”，我特地挑了几件名品加身，想着这样大概能匹配得上“贵圈”的档次吧。

但我去到现场以后，发现大家的穿戴都很随意：普通的衣裤、运动鞋、帆布包……如果走在大街上，你决计认不出来这就是那个某某某。现场只有我一个人的穿着过于修饰了些，反倒像个异类。

席间，我听大家侃侃而谈，从文化的起源到世界简史，他们那种风趣又自信的谈吐可真令人羡慕，我暗暗为自己的浅薄和无知感到汗颜。

因为，真正高层次的人，骨子里已经散发着智慧和自信，他们不需要任何外在的东西加持，他们的灵魂本身就已经是最贵的奢侈品了。而缺乏内涵的人，往往会用一些外在的东西掩饰自己内在的欠缺和不自信……

03

之前，我受邀去乌镇戏剧节，打算做一个关于“话剧中女性独立意识觉醒”的选题，恰好碰到《21世纪报》的记者小洁也想做类似的选题，我们便结伴而行。

由于那是国际级别的话剧展，小小的乌镇聚集了来自世界各地的导演、编剧和演员，而我们此次的采访人群不仅仅局限于国内人士。

我的经验不足，而且又对自己荒废已久的英文交流能力不自信，所以每次开始采访前我都会提前列好提纲，对照翻译软件核实，还会练习几遍口语，才敢上阵。

但小洁就完全不需要像我这样，她每次都能临场发挥，用流利的英语和外国友人谈笑风生，虽然发音不太标准，但丝毫不会影响她的表达欲和自信。

我常惊奇地看着眼前这个比自己还小两岁的女生，自叹不如。

说实话，她个子不高，有点儿胖……相貌也并不算好看：单眼皮，有点儿塌的鼻梁上戴着一副黑框眼镜，两颊还有小雀斑……穿着很普通的格子衬衫，搭配一条背带牛仔裤和帆布鞋，看起来就像一个普通的在校生。

不过，她也确实是去年才毕业的，在伦敦读完硕士之后就到《21世纪报》工作了。她英语比较好，常常被派去各种国际会议做采访。

如果没有见过她工作时的样子，你肯定不会相信这个普通女孩身上有那么大的魅力。我亲眼见过她进入工作状态时，那种由内而外的大方与自信，令人产生望尘莫及的敬畏感。

她背着没有Logo的帆布包，却比满身名牌的精致女郎更加抢眼。

其实，真正能证明你品位的，是你的内涵。

一个人的谈吐举止比他的穿戴更重要。

04

我有一个读者，她的家庭条件非常好，有次她出差来北京，一定要请我吃饭，我不好拒绝，便前去赴约。

席间我们谈到消费结构的话题，我调侃说："我现在对物质生活无欲无求，我这个包就是十九块钱买的，实用，特别好！"

对方惊呆了："十九块太便宜了吧！我还以为是 Charles&Keith 的新款呢！"说罢，她又用一种同情的语气指着外面的一间名品店问我，"你最近有啥想要的或者缺的吗？"

我脱口而出："幸福和快乐！"

对方蒙了："人家明明是问你想要什么包，我想送你一个，你这是什么回答？"

已经走过那个阶段的我，生活上可能比之前更糙了一些，却更安心了。

我不追求任何品牌，把别人买奢侈品的钱攒下来买书、旅行、学习，但这不代表我会亏待自己。

我会花两千多块钱买件进口的羊绒毛衣，因为它可以在寒冬里带给我温暖，也会天天背着十九块钱买的帆布包穿梭在各地，因为它轻便又能装东西。

我可以买自己喜欢的品牌，但不执着于品牌，我不会过度消费华而不实的东西，但也不会亏待自己。

如果说之前的我花了很多不必要的金钱和精力在外在的事物

上，现在的我则把所有的精力都投到向内的自我沉淀和挖掘上。

知乎上曾经有一个问题是：那些见过世面的人，是一种怎样的状态？

有一个答案是：会讲究，能将就，能享受最好的，也能承受最坏的，温和却有力量，谦卑却有内涵。

我深以为然。

马东说过，我们的人生往往因为看见一条船而忽略了一条河。初入社会的时候抱怨这个世界的假恶丑，抱怨这个社会没有诗和远方，因为我们没见过北极光，也不知道基拉韦厄火山的壮观，不知道只是因为看不到，不代表不存在。不是没有风景，只是高度不够。

王家卫说：“人的一生是见天地，见众生，见自己的过程。”

那些见过世面的人，不一定是过着奢侈生活的人，但一定是内心充盈而有自信的人。

穿得高级，不一定漂亮。活得高级，才是真本事。

眼界对一个人的影响究竟有多大

01

有次在高铁上，我看完了一位知名企业家口述的一本自传。

封面上的他一身黑色衬衣，发间挑染着一缕标志性的“白毛”，面带微笑，甚至有些慈眉善目，处处透着低调与奢华。

我觉得这本自传倒是写得挺有意思，大体上是把他这个苏北少年的一路“逆袭”讲得生动全面了。

里面有一个情节让我印象很深刻。

他的老家是江苏宿迁市下面一个叫龙来镇的地方，那里非常闭塞和贫穷。那个时候他周围同龄人最大的愿望就是能考上中专，去无锡商校、粮校这种地方读书，毕业后再到镇上工作，拿一个铁饭碗，这就是最好的生活了。

可他不这么想，他在父母早年做生意的时候，跟父母去过县城，看过城里人的生活之后，他就发誓一定要离开村子，要到大城市去工作和生活。

中考的时候，爸爸答应他，如果考上了重点高中，就带他去南京、上海看一看。

结果他考上以后，由于父母太忙，根本没时间带他去了。

他也不是盏省油的灯，有天晚上突发奇想：我已经是个十六岁的大人了，为什么不自己去旅游呢?

然后他跳下床，穿上背心、拖鞋，找到了一张破地图，攥着攒了很久的五十块钱，就出发了。

这是他第一次出远门，第一次坐火车。

在火车上，他旁边坐了一家四口，其中有一个小女孩，看着跟自己差不多大，扎着小辫子，穿着裙子。他再看看自己，穿一个大裤衩，两根筋背心，显得和车厢氛围极不协调。听他们说普通话、吃饼干、看书，自己说家乡话、吃玉米红薯。

这让他第一次产生了自卑感。他之前以为天下人都差不多，全村人都饿得双眼凹陷，衣衫褴褛，坐在树下讨论如何把那荒山开成水稻田……

这回让他第一次觉得人和人的差距太大了。

他坐在过道上，把头埋了起来，整个晚上都没敢抬头，因为怕被那个小女孩看到，担心被嘲笑。

到了南京以后，满街的灯光让他兴奋起来：原来这就是大城市啊！都后半夜了还这么多人，这么多灯，这得费多少电啊？街上看不到泥土，全是水泥路，这得用多少水泥啊？

那个时候他听说金陵饭店是全市最高级的地方，就特地从南京火车站走到金陵饭店，围着三十七层的金陵饭店走了十多圈。

这么高的楼，就在自己面前，一切都是那么难以置信，此时的他心里憋了一股气：我以后一定要进这个饭店吃顿饭。

这次去南京，让他生平第一次有了理想抱负，让他从内心深处发生了某种不可言说的变化。

他很想做出点儿事情，做一个很了不起的人，不能沦为社会底层，不能被别人看不起。

那个时候的他就发誓一定要考中国最好的大学，一定要去北京或者上海，不能一辈子做井底之蛙，要跳出井口。

这是他第一次开始思考人生和未来。

02

后来，已经功成名就的他回想起往事的时候，表示那次旅行的确改变了自己的一生。

还没有出村的时候，他最大的理想是想做他们村的村长，因为他当时没见过世面，只见到全村生活条件最好的就是村长家。

经过这次南京之行，他感到了人生的局限，第一次开始思考自己的未来，也就在那时，一颗野心的种子在心中生根发芽。

如果他没有见过外面的世界，本该成为互联网商业巨头的他，可能最好的情况就是做个村长，因为“村长”就是他的“天花板”。

眼界决定境界。

即使现在网络发达、信息传递便捷，但我们年轻人的见识仍然有限，而且还容易迷失在芜杂的讯息中。讯息不等于眼界。

有些地方和事情，只是道听途说，你不亲自去体验和经历的话，是没法有感悟和启发的。

那或许有人会问：是不是只有去发达国家、去大城市、去世外桃源才能获得成长和感悟呢？

几年前，一封“世界那么大，我想去看看”的辞职信戳中了无数人的泪点，于是很多人效仿，辞职、休学、去旅行、去流浪，结果最后发现“远方依旧一无所有”。

有一首叫《鱼汤》的诗写得很妙：

我对鱼说
来吧
来岸上吧
辞掉你水中的工作
在旅游中升华自我
告别那水中的污浊
让天空净化你的魂魄
鱼对我说

如果我信了你的心灵鸡汤

今晚我就会变成鱼汤

我一直觉得年轻人应该多出去看看，但不能把这当成是生活的主旋律，它只能算是一段段难忘的小插曲。

旅行需要为我们的成长服务，而不是用我们的成长去服务旅行。

旅行不一定要去多繁华多有名的地方，也不应该变成一种打卡的形式。

旅行中的体验才是旅行的精髓，至于风景，只是附属品罢了。

03

我自己是很喜欢旅行的，得空就想出去转转，没有具体的目的地，也不做攻略，去哪儿完全看心情，一般是到了当地的酒店后才开始查攻略。

去过很多地方后，我现在印象最深的不是苍山洱海，不是沙漠落日，而是河南的一个山村。

有一次，我去河南作公益巡讲。

我们驱车三个多小时，到了一个小县城，然后又行驶了一个多小时，到了其中的一个村子。

我去的是一所中学，全校师生加起来三百多人。

学校占地面积不小，但全都是黄土地，只有一块小小的操场是水泥地，教学楼零散地矗立在土地上，显得格外孤独。

当时是冬天，零下十几摄氏度，室外讲座是不可能的，室内又没有那么大的教室。最后校长决定去食堂。

说是食堂，其实不过是一个搭起来的大棚子，在寒风中摇摇欲坠，好像下一秒就会被吹跑。

三百多名师生挤在一起，拿纸和笔，用好奇、诚恳又带一点儿胆怯的目光看着我。

我站在餐桌的最前面，拿着话筒和扩音器，感觉跟居委会大妈只差一个红袖章了。

好在恶劣的条件没有影响我们的讲座，同学听得很认真，也很配合。

演讲结束后，校长说："西风老师给我们带来了这么精彩的演讲，我们也送西风老师一个礼物吧。"

说完，全校师生起立，给我唱了一首《真心英雄》。

之前只在电影和鸡汤故事中见过这个场景的我，一下子就蒙了，反应过来后，才感动得不行，只能抱着话筒一个劲儿地鞠躬说"谢谢"。

这个村子不是什么知名景区，这个学校也不是什么重点中学，这里的一切都很普通，但它给了我一段很美好的回忆。

在后来的日子里，不管遇到多么糟糕的事，我都会想到那个冬天，有一群孩子曾送给我一个很真挚的礼物。

你看，不管这个世界多么糟糕，总还是有一些怀有赤子之心的人愿意为你唱首歌的。

04

其实，所谓的“出去看看”，不一定非要去旅行，只要我们偶尔脱离一下自己熟悉的圈子，到一个全新的、陌生的地方去，打破自己的舒适区，欣赏没见过的风景、认识没接触过的人，都会带来一些启发。

高级的人，从来不会把旅行当成是一种观光。

并不是只有身体在路上才算是旅行，静静坐着思考也是旅行。凡是探索、追寻、触及那些不可知的情境，不论是风土的，还是心灵的，都是一种旅行。

你想要的越多，得到的反而越少

01

我之前去香港的时候，顺道去了一下澳门。

两个特区离得很近，在香港的码头坐船过去只要一个多小时。

香港的船不叫船，叫“飞航”，听名字感觉还挺高科技的。

澳门土地面积很小，人口也只有六十五万，很难发展重工业、农业和高新技术产业等，它却是全球最富裕的地区之一，原因就在于它高度发达的博彩业和旅游业。

澳门是一个国际自由港，是世界人口密度最高的地区之一，与摩纳哥城、大西洋城和拉斯维加斯并称“世界四大赌城”。

由于经济发展的特殊性，在澳门，赌博是合法的产业项目。

澳门的赌场也不叫赌场，叫“娱乐场”。澳门赌场都非常奢华，建造成本极高。赌场里面吃喝玩乐一应俱全：豪华酒店、米其林餐厅、购物商城、各色表演、各国美女，可以说应有尽有。

只要你付钱，就没有什么不能满足。

赌场就像是一个结界，里面是天堂，出门即是地狱。在这里，贫穷与暴富、虚幻和真实，都可以让你在最短的时间深刻体验。

作为一个俗人，我下船后直奔“威尼斯人”。

这个酒店是以威尼斯水乡为主题建造的，拥有三千多间豪华套间，还有着三十多家餐厅、三百多家零售商店，而且它还有一个屋顶的高尔夫球场和“蓝天白云屋顶”，都是二十四小时灯火通明。这里是澳门最出名的景点之一。

威尼斯人的赌场在一楼，里面有六百四十多张赌桌和一千七百六十多台的老虎机，这里免费提供酒水，即使你进去不下注也可以享用。

一位澳门的朋友告诉我，澳门渔人码头那边斥资五个亿新建了一座娱乐场，后来三个月就回本了。

可见赌博胜率之低。

02

我们都知道赌场上“十赌九输”，那么为什么人们还是乐此不疲地让钱打水漂呢？

赌场是个“灯红酒绿”的地方。红色代表兴奋刺激，因此用偏红色的灯光会让人更愿意赌。同时，赌场向客人提供免费的酒水，就是希望客人在酒精的作用下理性判断能力下降，从而更容易冲动地“博一博”。

而且，赌场总是播放一些动感的背景音乐，给人嘈杂、奇趣和兴奋的感觉。背景音乐放得越大，客人下注的速度就越快。当你在老虎机上赢了钱，它还会播放祝贺的音乐或者铃声，掉出来的硬币碰到金属盘子响声大作，让你觉得赢钱比输钱更容易，但大多数时候你都在输钱，而老虎机却一声不吭。

心理学上有一个名词叫“赌徒心理”，单从赌博来说，是指输了想把输掉的赢回来，赢了还想继续赢下去，使自己的占有欲得到进一步的满足。

之前听说一个认识的人去拉斯维加斯的赌场。

他第一次去，没啥经验，抠门地买了几个币，玩了把老虎机，没想到居然赢了，赚了八百美金。

好在他还算理性，觉得见好就收吧，就准备离开。没想到，整个赌场是一个单行道，也就是说他必须继续向前走，穿过各种各样的赌桌和游戏机，才能到对面的出口。

这一走就坏了，路上他被各种游戏吸引，抱着侥幸的心态尝试了一下，结果走到门口的时候，发现不但把刚才赚的八百美金输了，还倒赔了一千多美金！

其实，这种情况不仅仅存在于赌徒身上，可以说我们每个人都或多或少地拥有这样的侥幸心理。

我们来玩一个游戏：你抛硬币，当每次正面朝上时，我就给你二十块钱，我们玩五十轮。

其实，当你触摸到硬币时，就会有一种自己能掌握游戏的错觉。每当你自己抛硬币，你会觉得开心。结果是正面时，你会觉得开心；结果是反面时，你会觉得“差一点儿就是正面了”，也很开心。整个过程不管结果如何，你都会觉得开心。

类似的游戏我们还可以参考夹娃娃机。你买一百块钱的游戏币，抓住一个娃娃，都会觉得自己赚了，虽然这个娃娃在商店只需十块钱就能买到。

而当你第一次没抓住的时候，你的大脑都会给你一种“就差一点儿，我下次就可以抓到”的错觉，从而诱导你不断地去买币，不知不觉间几百块就花光了。

03

除了“赌徒心理”作祟，其实让人们难以抗拒赌博的根本原因还是来源于内心深层的贪念。

我看过马德里著名插画师Magali García马加利·加西亚制作的一部短片*I Need*（《我需要》），里面用一个女孩的视角展现了人性不知满足的一面。

最初，女孩饿了，觉得自己只需要食物。而当她填饱了肚子，就渴望一张舒服的床。当她有了一张舒服的床，就想要一所房子。当她有了房子，又想有一辆车。当她有了车，又想要洗衣机、微波炉、沙发、更大的车、各种衣服、鞋子、化妆品……

当她在物质上拥有了想要的后，她又有了情感需求，她想要一个男朋友，陪伴，分享。有了男朋友之后，她又渴望兴奋感，于是她找了一个情人，最后换来了一场伤心的失恋。

失恋的时候，她需要一个朋友的陪伴，然后她开始需要很多朋友，当她有了很多朋友之后，她又渴望独处的时间。

她开始进行绘画创作，当她开始创作后，又期望能出现更多好的作品，而最初，她只是想要一块食物填饱肚子而已。

我们的一生仿佛都在“我需要”的语境中，我们不断在做加法，但“加”得越多，不一定就是幸福，它带来了许多虚荣与迷失，还有许多的寂寞孤独。

所以，有时候，我们想要的越多，得到的却越少，就像赌博一样。

04

其实不止在赌场，生活中我们经常会遇到类似的场景和心态——

闯一下红灯，万一没有车呢？

偷拿一块饼干，万一没有摄像头呢？

出一次轨，万一没被发现呢？

……

这些贪婪和侥幸心态，其实和赌场上的赌徒别无二样，不过场景不同罢了。

人活在世上，可以有野心，却不可以有贪婪。野心可以帮你铸成大业，贪婪却只会让你无法超生。

其实，世界就是一个巨大的赌场，贪婪和投机是人性的一部分，每个人或许都会有邪念滋生的一瞬，而人与人之间的差别就在这一瞬。

层次较高的人，往往很自律，可以很快打消和遏制这些邪念，而层次较低的人，往往会被欲望驱逐，越堕落，层次只会越来越低。

无论是过去还是将来，都不要做一个贪心的人，贪心会使人虚胖。

我们无法脱离“赌场”，但至少可以选择不做一个“赌徒”。

你唯一要超越的人，就是昨天的自己

01

我之前看电视剧《锦绣未央》，最引起我注意的，不是李未央，更不是李长乐，而是李常茹。

李常茹是李尚书二房太太所生的大女儿，样貌纯真可爱，行事谨慎低调，虽然有思想有才华，却一直被正房太太的女儿李长乐所压制。

李长乐的母亲是名门望族叱云氏的嫡女，女凭母贵，李长乐自幼也是要风得风，要雨得雨，养了一身贵族小姐的脾性：她自恃高傲，瞧不起庶民和下人，无法容忍别人比自己优秀。

李常茹很不甘心一直生活在李长乐的阴影下，她想让别人注意到自己，可又无能为力，就连自己的亲妹妹李常喜都说："你就是样样比不过长乐姐姐呀。”

有人说，世界上最不幸的人莫过于：没能力，却有上进心；没天赋，却有梦想。他们越努力，越难过。

我觉得，还有一种悲哀莫过于：你永远干不掉你讨厌的人。

就像李长乐之于李常茹。

每个人的青春都有一个如李长乐一般的人，她出身良好，容貌倾城，多才多艺，同时还带有强烈的优越感。

你很讨厌她，甚至可以说是忌妒她，忌妒她家庭比你好，忌妒她样貌比你好，忌妒她才华比你好，你很努力地去学习，去提高自己，可再怎么努力都难以超越她，你永远只是一个努力但不会发光的李常茹。

其实，在我们的青春里，都有一个永远无法超越的人。

我青春里的那个“李长乐”，是我的朋友七喜。

02

我和七喜自幼在一个小区里长大，当时，我们有一个小团体，叫“奥特曼小分队”，每个人都会扮演一个奥特曼的角色，与假想的怪兽斗智斗勇，十分中二。

七喜也是我们其中的一员。

在那个我们还在手腕上画手表的年代，七喜已经戴上了迪士尼牌的米奇水晶手表。当时，大家还懵懂无知，对品牌和价格没有概念，只是单纯地觉得很好看，我们爹妈肯定不会给买。

出于这种物质上的崇拜，我们一致推荐七喜成为小分队里的“奥特之母”，带领着我们保卫地球。

可好景不长，七喜的妈妈发现了七喜每天跟我们一起玩如此幼稚的游戏，觉得不利于七喜的健康成长。于是，有一天，当“奥特之母”正带领着我们与空气中的怪兽斗智斗勇的时候，一股强大的暗黑气场突然袭来——七喜的妈妈出现并把七喜带走了。

我们永远忘不了七喜被她妈妈揪着耳朵拎走时的场景，七喜的妈妈边推搡着七喜，边用不大不小的声音说：“以后别跟这帮野孩子玩，小姑娘家家的，像什么样子！回家学琴去！”

在七喜哭哭啼啼的声音中，我们觉得有一种东西把我们永远隔开了，那种感觉就好像七喜才是奥特曼，我们只是一帮无知的小怪兽。

七喜的父亲当时在政府工作，担任要职，她家的家庭条件自然要比我们好一些。而七喜的母亲是一个很年轻漂亮的女人，漂亮到即使她背地里叫我们“野孩子”，我们还是忍不住偷偷想：要是我妈妈也这么漂亮就好了。

七喜父母觉得自己高人一等，自己的女儿七喜自然也要高人一等，所以，他们不允许七喜和我们玩，觉得跟我们一起玩七喜会变傻，她应该去学钢琴、学跳舞、学画画，成为一个高雅的、优秀的女孩子。

所以，从那以后，我们的小分队里没有了七喜，后来，七喜他们搬家了，听说是搬到一个高档小区去了。我之后一段时间再没见过七喜，只是隐隐觉得，她的人生，注定要比我丰富得多。

03

有些离别，好像注定是为了重逢。上学的时候，我和七喜又被分到了同一个班，再次成为朋友。

此时的七喜已经有了很大的变化，她长高了，比我们同龄人都要高，穿着深蓝色的背带牛仔裤，梳着高高的马尾，在一群土包子一样的小学生里很是扎眼。

而我也有了很大的变化，在我妈每天变着花样的美食攻击下，我变胖了，比没上学的时候胖了十多斤，人称“小肉桶”。

可这些并不妨碍我们继续做朋友。当时我们还没有肤浅地去看一个人的外貌，我们更重视内在的东西——玩得来。由于对《美少女战士》的共同爱好，我们俩总有说不完的话。

直到有一天，七喜的妈妈开车来接她，发现了和七喜一起放学出来的我，很热情地跟我打招呼说：“哎，这不是西风吗？怎么这么胖了，以后可不能再胖下去了，得控制控制，少吃点儿。”

当时我还不懂什么是被奚落、被嘲笑，也不懂“自尊”这么高深的词，只是觉得心里很不舒服，脸像被扇了一巴掌似的火辣辣的。

我赌气似的没有回应七喜的妈妈，笑着对七喜说：“明天见！”

那天，我坐在爸爸的自行车后座想了一路，最后决定还是变得像七喜一样又高又瘦才好。

于是，从那天起，我每顿都少吃半碗饭。我妈见我饭量减少，怕影响我长身体，以为是自己做的饭不合我口味，所以变着法儿地给我做好吃的，糖醋排骨、红烧猪脚、孜然肉片……排着队地上我家饭桌，她还偷偷给我吃健胃消食片。鬼知道我当时是用了多大的意志力才控制住自己的饭量。

当时还没有健身房这种高端场所，我无师自通地认为多运动应该能长一长，于是每天写完作业就和女孩子一起跳绳、踢毽子，赶上合适的场还和男孩子们玩一把篮球（我篮球不错，投篮很准，这个以后再写）。

于是，那个学期，我的身高突然蹿了一蹿，成为班里身高的Top5，这下我终于能平视七喜了。同时，我也迅速瘦了下来，我总觉得为自己争了一口气。

虽然那时七喜的身高还是碾压了我，但我并没有灰心，一直保持着跑步和健身的习惯。每当我想偷懒或者放纵地吃热量食物的时候，七喜妈的话总会伴随着七喜的两条大长腿在我的脑海回荡，我默默地告诉自己：西风，要有骨气，瘦给他们看。然后默默地包上汉堡的包装，插上耳机去跑步。

有些硬性条件你无法改变，保持住现在的自己，也未尝不是一种小小的胜利。

04

初中的时候，有一次，我们几个同学要一起去参加奥林匹克数学竞赛，其中也包括七喜。老师在放学后特地给我们开小灶做辅导，希望我们能拿到奖，为他增光。

当时，我是这几个同学里比较弱的一个。几次模拟测试，我都做得不太好，当时也觉得压力很大。

有一次，老师讲一道题，讲完后我还不明白，就去问别的同学，七喜看到了，带着高傲的表情随口说了一句："你就是笨。"

这一句真是打垮我心理防线的最后一刀，我原本就因为自己成绩不如他们好而深深地自卑，开始怀疑自己是不是真的智商不够高，而现在，七喜都这么说，我一下子就崩溃了：原来，他们都觉得我很笨，看不起我……

可我又是一个很要面子的人，我强忍住泪水，想反驳，奈何自己确实技不如人，就默默憋着一股劲儿，想：到时候我一定超过你。

从那天起，我在内心把七喜拉入了我的黑名单，表面上依然和她保持着应有的客套，可内心已经在渐渐疏远了。我不能容许一个看不起我的人天天在我身边，我也不容许别人肆意践踏我的尊严。

从那天起，每当我遇到困难撑不下去时候，那句"你就是笨”的奚落便会飘荡在我的耳畔，让我铆足了劲儿去做完这件事，我要用我的实力去证明：你没有资格对我说这种话，我不比你差一分一毫。

后来的很多年里，我一直去努力学习，努力参加各种比赛，努力在各个环境中争先，都是因为七喜当年的这句话。我想用自己的实力去挽回我的尊严，我想超过七喜，让她为自己当年的那句话道歉，让她亲口承认她做得不如我好。

虽然这些，七喜并不知道。或许后来的我只是在跟自己较劲罢了。

05

那次竞赛，我超常发挥，七喜却惨遭滑铁卢。我偷偷地看着她，多么期望她能为自己的那句话道歉，说一句：你不错哦。可没有，她依然保持着自己天鹅般的高傲，在未来的每一次考试中将我碾压。

高中的时候，我发誓要考到比七喜还要好的大学，可失败了；

大学的时候，我立志要考到比七喜还要好的大学的研究生，可还是失败了；

毕业后，我决定要拿比七喜还要高的薪水，就目前的状况来看，也是有点儿悬。

我依然没有超过七喜，七喜也依然保持着自己强烈的优越感，到处秀着自己的优越。

唉，人生真是不公平呀，我明明也做得很好，可还是没有办法超过她呀。有时，我也会这么哀叹。

别人都说我是个很认真、很努力、很拼命的人，说女孩子其实可以不那么拼的。可只有我自己知道，我也是个懒惰的人，我只是想追上前面那个比我跑得快的人而已。

或许我们的青春里都有那么一个七喜，他用自己的优越碾压着我们，我们不服气却又一直无法超越，只能不停地往前奔跑，期盼着超过他的那一天。

面对李长乐，李常茹选择了做一株绞杀榕，依附于李未央这棵大树，让她们两败俱伤。

而我一直想用自己的努力，去盖过七喜们的光芒。

可后来，我觉得自己错了。我不是在跟七喜们较劲，我只是在跟自己较劲，把自己弄得精疲力尽。

当七喜又一次在朋友圈秀自己得奖的时候，我把她屏蔽了。有时候，不知道反而不会让自己那么累。

或许，我应该感谢生命中的七喜们，是他们，让我不断奋进，让我不断变得更加优秀。

现在，我不想再超过他们了，因为只有他们在我前面，我才能一直跑，假如有一天我真的赶超了他们，那我也就离堕落不远了。

每个人的家庭出身、成长经历都不同，起跑线不同，就没有可比性，但正是那些我们一直羡慕着的人，让我们变得越来越好。

我们无法变成一模一样的别人，却可以成长为独一无二的自己。

毕竟，你唯一应该试着去超越的人，就是昨天的自己。

PART 3
要么大胆尝试，要么什么都不是

YOUR LIFE
WITH A HIGH TASTE
Tasty life

支配你的应该是愿望，而不是欲望

01

我跟朋友聊天，发现大家都变得越来越好了，却不约而同地变得不快乐了。

同学大卫，大学毕业时没考上研究生，后来寒窗苦读，奋战一年，第二年终于以优异的成绩被一所重点大学的土木工程系录取为直博研究生。

当时的他很开心，觉得能读个硕士研究生就不错了，哪想到还能直接读博，于是下决心好好读书。

结果，有一天他突然要请我吃饭，说自己快得抑郁症了，让我开导一下他。

我一听，感觉事情有些严重，于是我连早饭都没吃，就奔了晚上的饭局。

晚上，在一家云南菜馆，隔着铜锅氤氲的蒸汽，我开始听这位“准抑郁症患者”哭诉自己的心路历程。

“一开始都挺好的，导师和同学也很照顾我，跟大家一起做实验、写论文，也很开心，可到了后来，了解的越来越多，接触的学术大牛越来越多，就觉得自己不行，不能再这样浑浑噩噩了，我也要抱大腿、做项目、发论文、发顶刊……”

“嗯，有上进心挺好的啊，老师不是教导我们要好好学习、天天向上吗？没毛病。”我从塞满了菠萝饭的嘴里挤出一句。

“可我做实验一个多月了，出不来数据，我真的快抑郁了，觉得什么都不想干，什么都没意思，心态崩了……”大卫痛苦地抱住了头。

我放下手中的牛蛙腿，说：“你看你，当初最大的梦想就是能考上×大的研究生，你现在都读到博士了，按理说已经是超额完成目标了，却得了抑郁症，讽刺不？”

“我也觉得奇怪，为什么人被满足的愿望越多，却越不开心了呢？”大卫愁眉苦脸。

“因为你想满足的，不一定是自己的愿望，而是欲望。你能分清什么是你的愿望，什么是你的欲望吗？”我问大卫。

大卫瞠目结舌：“这有什么区别吗？”

其实，欲望和愿望，一字之差，在本质上却大不相同。欲望的产生，是受多种因素影响，从而产生的一种需求，并不一定是你自己真正想要的，而愿望，是指自己内心真正需要的。

比如大卫，当初考研是他由于热爱这个专业和学校，发自内心做出的选择，所以实现愿望的过程中，纵然吃苦受累，但内心是开心和满足的，也会为了实现这个愿望，而做更多的努力。

但现在他看到别的同学在做项目、发论文、世界各地参加学术会议，表面风光无限的样子，于是产生了羡慕、不甘，怕落后……这些情绪汇集在一起，就促使他产生了欲望：我也要做项目、发“顶刊”、去“顶会”。

但这些，并不一定是他自己真正想做的，用网友自嘲的话来说，其实是一种虚荣性地“跟风”。所以他做起来不仅不会拼尽全力，还会觉得力不从心，毫无快乐可言。

02

有一次，我翻自己的朋友圈，看到了当初刚来北京的时候发的朋友圈，那时候真是单纯和快乐，感觉一切都是新鲜的，我也是崭新的，觉得自己的未来有无限的可能。

当时的快乐真的很简单，也很容易被满足，去一家好吃的餐厅、跟朋友看一场电影，都要开心地发朋友圈。不在乎点赞评论的人有多少，也不在意别人怎么评价，随心所欲。

以前周末我会花一天的时间出去玩，另一天就在家里研究厨艺，做点儿自己想吃的。

那时候我还没有很多预算出去旅行，只能在短暂的节假日去一下天津、上海这种比较方便的地方，到了还要蹭当地同学的住处，买高铁二等座还觉得贵。我曾暗戳戳地定小目标说，一定要一年出去玩一次。

后来几乎每个月我都可以出去玩，开始坐高铁一等座，飞机也由经济舱升到了头等舱，可能那时候确实有点儿膨胀，都开始订高档酒店了，却没有了当时的快乐。

在第一次出差前，我从来没有去过首都机场，之前去比较远的地方还都是从天津飞的，因为这样可以省很多钱。我对机场的印象还停留在上大学时经常飞的济南遥墙机场和哈尔滨太平机场。

我还记得当时的同事听我说是第一次来首都机场时，脸上有一闪而过的错愕，那时候我觉得自己很丢脸，为了面子还争辩说我都是从天津飞的。

因为我之前的工作环境比较安逸，离家又近，那个时候晚上九点十点回家也不觉得晚，有时候赶上周末加班，虽然有点儿郁闷但也是真的开心。

后来，我接触的事物多了，渐渐地就有了欲望。

同期工作的朋友升职了、加薪了，我就会开始想自己什么时候才能在工作上有所突破。可等我也升职加薪之后，别人已经开始做副业了，等我做起副业的时候，别人又已经开始创业了……

我看到了别人的成长速度，就会开始反思自己的不足，就会产生很多的想法，比如“为什么别人可以，我不可以”“我该如何做才能……”这些想法，统称为“欲望”。

然而，这些真的是我想要的吗？

几经折腾之后，我感到疲惫，扪心自问，发现自己想要的并不多，最大的愿望也只是想过快乐平淡的小日子而已。

可随着年龄的增长、压力的增加，我会不经意地在脑海里反复问自己“今年你进步了吗”“今年你收获了什么呢”“你好意思这样下去吗”之类的问题。

其实，压力都是自己施加的，追根溯源，我发现自己所有的烦恼几乎都来自对自己的不满意。

而这种不满意，几乎都是因为欲望没有得到满足。

03

叔本华在《悲观论集》中提到过：“生命是一团欲望，欲望不满足则痛苦，满足便无聊。人生就在痛苦和无聊之间摇摆。”

所以，有欲望并不可怕，也不必感到羞耻，每个人都有自己的欲望。

我们可以去力所能及地满足自己的欲望，但绝不能被欲望所支配，沦为欲望的奴隶。

我刚刚来北京参加工作面试的时候，有一家企业让我先填一个表格，上面有一项是期望薪资。

第一次遇到这种情况的我开始琢磨：隐约记得我家那边应届毕业生的平均工资是两千五百块，我的同学们签的工作（非一线城市）一般薪资都在三千到四千，北京的物价高一些，薪资也应该高一些，但我刚毕业没有什么经验，写得太高恐怕会被认为好高骛远、不切实际……

几经犹豫后，我写了个理想薪资五千，还沾沾自喜，觉得这个数字应该没问题，但心里偷偷觉得能给四千五就可以了。

当时面试我的是一个和蔼的老领导，他推了推老花镜，眯起眼盯着我写的理想薪资一栏，问我："这个期望薪资你是写的税后吧？"

我当时也没有太多税前税后的概念，就说："税前就可以。"

老领导收起满脸的惊奇，当场就表示对我很满意。

虽然因为种种事情，最后我并没有去那家企业，但每次想到这个细节的时候，我还是会哑然失笑。

后来我对北京的工作环境渐渐熟悉，薪资在不断提升，也会冒出想拿更多薪水的念头。

每当意识到自己产生这种"贪念"的时候，我就会用这件小事提醒自己：你当初的理想薪资仅仅是四千五而已，你现在已经做得不错，想要更多的回报，就要有更强大的工作能力，你现在拥有这种能力吗？

然后我就冷静下来，开始安心学习充电了。

当你的能力还配不上你的欲望时，好好学习，提升自己，会让你踏实许多，欲望给你带来的应该是动力，而不是盲目的焦虑。

04

《世说新语》里面讲过一个“割席断交”的故事。

管宁和华歆是好友，一天他们同在园中锄草，看见地上有一块金子，管宁依旧忙着锄草，直接无视了金子，仿佛和看到瓦片石头一样。华歆则高兴地捡起金子，看到管宁面带愠色，又极不情愿地扔了它。

又有一次，他们同坐在一张席子上读书，有个坐着豪华马车、穿着华丽服饰的达官显贵刚好从门前经过，管宁还像原来一样读书，目不斜视，华歆却放下书，跑出去观看。管宁就割断席子和华歆分开坐，痛心决绝地说：“我们不是一路人，你不是我的朋友了。”

这两件小事中，华歆在做事的时候被金钱和名誉不断诱惑，产生了欲望，导致当下的事也做不好，而管宁不论是锄草还是读书，都能抵制欲望，服从自己内心的愿望，才能潜心治学。

同样，如果在生活中，我们不能正确区分内在的愿望和外在的欲望，就会打乱自己原本的节奏，像个无头苍蝇一样，做出事倍功半、竹篮打水一场空的傻事。

如何区分愿望与欲望呢？

高晓松说过：“很多人分不清理想和欲望，理想就是当你想它时，你是快乐的；欲望就是当你想它时，你是痛苦的！“

这个解释就非常精妙，理想是自己所求的，所以能带来快乐，欲望是外在施加的，是违背内心意愿的，所以只能带来痛苦。

做个快乐的追梦人吧，而不是做欲望的囚徒。

成功最好的“捷径”，是做自己最擅长的事

01

上学的时候，老师经常给我们讲“短板效应”，说木桶最短的板决定了盛水的量，所以大家不要给自己留下“短板”，要全面发展，补齐自己的“短板”。

于是，我曾深受“短板效应”的影响，经常在不擅长的地方给自己找不愉快。

高中的时候，我最不擅长物理，老师说：“不要偏科，课余时间好好补习一下物理。”

我想到了“短板效应”，为了不让自己偏科，要把物理成绩提上来，要全面发展，于是我就把几乎所有的课余时间都用来学物理。那个过程是非常痛苦的。

最后，物理成绩没见有多大起色，其他科目的成绩也受到影响，整体成绩的排名倒是后退了。

当时，我不但没能全面发展，自信心还挺受挫的。

大学的时候，挑选修课，有我很感兴趣的“唐宋文化研究”课程，也有备受追捧的“健美操、瑜伽”课程。

我从小身段就不够柔软，骨骼比较硬，四肢的协调性也不够好，可以说这方面算是我的一个“短板”。

我不能让自己有“短板”，于是本着提高自我、修复“短板”的心态，我选择了“健美操、瑜伽”的选修课。

果然不出所料，每到上课的时候，我的心情很沮丧；每当下课的时候，我都感觉自己的肉体和灵魂已经分开，骨骼咔咔作响，宛如我心碎的声音。

有一次上课，我们正在练习一个新学的动作，老师突然把我叫到台前，让我当着台下几百号学生的面做一下那个动作。

我紧张尴尬，但又拼尽全力地重复了刚才学的动作。

台下鸦雀无声。

老师打破了这份安静，问：“大家觉得她做得怎么样啊？”

台下的同学开始窃窃私语……有的人说好，有的人说不好，而我只想下去。

这时老师发言了：“她做的这个动作不规范，大家引以为戒，注意纠正哈，好了，你下去吧。”

一瞬间，我无地自容。

那应该是我人生第一次被当成反面教材吧，我的自信心又受挫了，从此上瑜伽课的时候只敢躲到后面，不想被老师发现，就连考试的时候都战战兢兢，生怕被挂。

好好的一个选修课，搞得比上专业课还痛苦的，大概也只有我了吧。

后来我才知道，“木桶原理”里除了“短板效应”以外，还有一个“长板效应”，指的是当你把桶倾斜，你会发现能装最多的水取决于你的长板（核心竞争力），当你有了一块长板，围绕这块长板展开布局，就能有更多收获。

这时我才恍然大悟，原来我被“骗”了这么多年。

于是，第二年的选修课我果断选择了自己很擅长也很感兴趣的“唐宋文化研究”课程，不仅每节课都上得轻松愉快，收获颇丰，还重新树立了自信心，期末考试的时候也没费太多力气就拿到了理想的分数。

原来，一直在自己不擅长的领域较劲，不仅会痛苦不堪，还会使自己的长处越来越不明显。

02

2018年的时候，我出版了自己的第一本文集，上市以后，收到很多读者的正向反馈，很多人都表示这本书在他们深陷人生低谷的时候激励了他们，我也为自己的文字能给别人带来帮助而感到欣慰。

然而，这其中也夹杂着一些不和谐的声音，有人吐槽这书是没用的鸡汤，有人冷嘲热讽说只有长篇小说才称得上是“文学”，也有人恶意扭曲一些事，带来了一些负面影响，这些都引发了我的反思。

我开始想是不是自己写的不能满足读者的需要，开始自责是不是只有写长篇、写工具书才能对大家产生帮助，甚至开始厌弃自己，每当写完文章，都觉得不满意然后删掉。

当我陷入这个怪圈的时候，由于工作上的需要，我联系到了一位很喜欢的作家，要对他进行采访。

他早年在网上写情感故事，收获了一大批粉丝，之后出版了很多本暖心的故事集，一跃成为红遍大江南北的畅销书作家，他自己也成了暖心故事的代名词。

后来他开始拍电影，结果口碑两极化，引起了读者广泛的讨论。

在此之后，他继续潜心写作，时隔几年，又推出了一部感动了很多人的长篇小说，重新回到大众视野。

他人很好，比我想象中的还要随和。

于是采访结束后，我趁机向他说了自己的困惑，这让他回想起他的经历。

他说：“有些网友也说我写的东西矫情，我拍电影说我拍得烂，我也迷茫过，可后来我想明白了，我不可能会‘托马斯全旋’，我不能样样都精通啊，我只要写好我自己的故事就行了啊。”

这番话如一缕阳光，瞬间驱散了我心中的阴霾。

对啊，我不可能会“托马斯全旋”，我不可能样样都精通啊，我不用非得逼着自己写出《红楼梦》，写出《哈利·波特》，我也不能因为写不出《红楼梦》和《哈利·波特》就把自己否定得一文不值呀。

TED 大会创始人克里斯·安德森谈道：“我们相信自己也可以成为优秀的演讲者。你的目标不是成为温斯顿·丘吉尔或者纳尔逊·曼德拉，而是成为你自己。如果你是科学家，那就做科学家，而不要试图成为活动家。如果你是艺术家，那就做艺术家，不要试图成为学者。如果你只是一个普通人，不要试图模仿大学者的风范，只要做你自己就好。”

每个人都有自己擅长和不擅长的地方，做好那个独一无二的你，比任何人设都有价值。

03

我曾听过俞敏洪的一堂直播课。

他提到一个观点，说：“人要动，但不能乱动。”

“人要动”，指的是人不能一成不变，要学会适时地提升和修正自己，不能一辈子过重复的生活。

“不能乱动”，指的是要权衡好自己的优势和劣势，不能盲目地去做事。

俞敏洪讲道，他在2002年的时候有过很多机会，差点儿就做了房地产。别人劝他说，做教育，向学生收学费，又麻烦又不赚钱，还不如搞房地产，盖一栋楼就赚了。

他权衡了一下，发现自己做房地产肯定做不过万科王石，自己真正擅长和喜欢的还是做教育。

“这辈子如果让我做唯一的选择的话，我什么东西都能离开，但我就是不能离开我的讲台”，于是他放弃了做房地产的机会，继续专心做教育。

事实证明他的决定是对的，在他的专注带领下，“新东方”顺利上市，并成了中国教育培训行业的领头羊。

人的精力是有限的，不可能样样都能兼顾，就像买股票，东买一只，西买一只，最后往往都会赔，而把鸡蛋放到一个篮子里，专心研究一只股票的人，往往会是最大的赢家。

工作五年多的兔子想重新读研深造。她本科读的是英语专业，出于兴趣爱好，想跨专业读心理学的研究生，准备了不到半年，还真考上了一所211高校的研究生。

我很惊奇地问她怎么做到的：“好多人准备几年都不一定能考上，为啥你能准备不到半年就考过呢？工作了几年的你还是跨专业考研，太不可思议了。”

她微微一笑说：“其实我的专业课成绩都不高，过线而已，但我英语成绩考了九十八分，远远甩开了很多的人，弥补了我专业课的不足。”

兔子之所为成为“人生赢家”，看似是巧合，是运气，其实就是利用了“长板效应”的战略，她把自己所有的精力都投入到自己擅长的“长板”中去，用“长板”弥补“短板”的不足。

试想，如果她把大部分精力投入到学习新的专业课上，短时间内也只能取得一个中庸的成绩，还会耽误英语的复习，最后还真的不一定能考上。

聪敏的她发现了这一点，并把精力集中到了擅长的英语上，不但提高了复习效率，还轻松过了关。

我们常说“选择比努力更重要”，这里说的选择，就是要发现自己擅长的领域，然后再努力。因为人在做自己擅长的事情时，往往会做得更好，有如鱼得水之感，如果非要在自己不擅长的事情上死磕，最后受伤的还是自己。

人生短暂又宝贵，与其在痛苦的较劲中庸碌一生，不如在擅长的领域绽放光彩。

人生不是规划出来的，而是一步步走出来的

01

我曾经很喜欢给自己规划人生，并且很喜欢按照自己设计的图纸来走人生的每一步路。

比如，大学的时候，我决定考研。既然要考就考最好的，我给自己定了个考北京大学中文系的小目标，并且大胆设想考上之后的美好生活。

然而，大三下学期的时候，我被告知拿到了保研的名额，但只能保送指定的几所学校，而这几所学校里面没有北京大学。

那可怎么办？如果选择了保研，就意味着我会和北京大学彻底无缘呀，如果不能去北京大学读书，那我之后的人生规划岂不是全乱了？

俗话说，“有规划的叫人生，没规划的只能叫活着”。我要人生，不要单纯地活着，于是我选择了按自己的人生规划走，放弃了保研的机会，继续备考北大研究生。

然而天有不测风云，我以七分之差与北大无缘。

这个时候我开始有些后悔：如果当初保研了，岂不是没有这些糟心事？但我转念一想，没关系，我是一个有人生规划的人，虽然人生道路出了一点儿偏差，但还是得按计划继续走呀。

我当时的职业理想特别简单，就是当个编辑，每天看书、写文，跟文化人打打交道，平静祥和地度过一生。

“我的理想职业就是当一名优秀的编辑，我愿意一辈子致力于编辑事业。”当年面试时，我曾信誓旦旦地对主编说。

然而没想到，在工作第三年的时候，我就毅然转行了。

当然，打破我人生规划的有主观因素，也有客观因素。

一系列的人生失控给我带来了很多的迷茫和忧虑，也带来了很多收获和惊喜，但更加重要的是，让我认识到：改变才是人生的常态，人生就是一个不断打破你既定认知的过程。

这个世界是不断变化的，我们身为世界的一部分，当然也会不断改变自己以适应社会。那些所谓的“三年目标，五年规划”，不过是我们自己臆想的理想状态。我们自己本身也在不断成长变化，我们的眼界和认知也在不断更新，之前A阶段制定的规划，未必就适合已经到达了B阶段的我们。

人生本就是见机行事，又何必按图索骥？

02

过分地规划人生，也容易让我们安于现状，觉察不到外界的变化。

博哥硕士毕业后顺利进入国内某一线互联网公司工作。大平台，待遇也好，他当时收获了一票同学的羡慕。

他也很喜欢这份工作，准备为这家公司奉献终生。

两年后，博哥和交往了五年的女朋友顺利结婚。双方的父母共同出力，给他们小夫妻付首付买了个小公寓。就这样，他也算是在北京安了家。

博哥对当下的生活很满意，光鲜的工作、温馨的家庭……不到中年，有房有车，真可谓“人生赢家”。

按照博哥的人生规划，几年后再生个孩子，他未来的几十年里，都将在这种安逸的小日子中度过。

但生活是最高级的编剧，它永远不会让你知道下一集是什么剧情。

结婚不到两年，博哥的妻子就提出了离婚。理由是感觉两个人不适合生活在一起。即便博哥多次强调“自己百搭”，也没能改变妻子顽强的意志。

博哥好人做到底，选择净身出户。

虽然老婆没了，但好在还有事业！男人嘛，毕竟还是得以事业为重。“留得青山在，不怕没柴烧”，博哥如此安慰自己。

可，千算万算，博哥没算到刚好赶上互联网裁员潮，他所在的事业部被整个砍掉了，博哥失业了。

“你们知道人生最痛苦的事情是什么吗？”博哥沮丧地问我们这群朋友。

“是你得不到最想要的东西。”我小心翼翼地回答。

“那你们知道人生最最痛苦的事情是什么吗？”博哥吼得更大声了。

我们摇头。

“是你得到了最想要的东西，可转眼又都没了！”博哥道。

后来，博哥选择离开北京。在发生这些变故之前，他从来没想到过自己会离开这里，他以为自己会一直在这座城市里幸福下去，因为这就是他之前对人生的全部规划。

博哥并非个例，很多年轻人在步入社会的时候，都会对自己的人生有这样那样的规划，比如进一个好的公司，选择一份好的职业。

当这个小目标实现以后，有一些人会选择安于现状，早早进入养老状态，不再提升自己。还有一些人，会随着阅历的增加而不断成长、不断调整自己的职业规划、不断去学习新的技能，保持着可以随时打破既定路线的能力。

前者会慢慢被时代抛弃，而后者往往可以创造一个新的时代。

在面对突发情况的时候，喜欢按照规划做事的人，会缺乏应变能力，从而陷入焦虑、迷茫和不知所措的状态；而善于不断调整自己状态的人，面对变化，总会显得更加积极、富于挑战。

这个世界不存在一劳永逸，很多曾经令人羡慕的职业正在慢慢消失，也有很多之前冷门的行业正在悄悄崛起，我们如果一味按部就班只能被社会淘汰。

之前在网上盛传一张关于“万能充”的图片，上面还配了一行字：它曾经有一个很厉害的名字——万能充，现在却什么也做不了。

“万能充”就是万能充电器的简称，它能给多种类型的可充电电池充电，所以称为万能充电器。当时还有商家放出豪言，说要让消费者一个充电器管一辈子。

然而短短几年，手机电池就升级成了锂电池，手机和电池也变成了“一体机”。这个曾经人手必备的充电器被移动电源所取代，最终消失在时代长河之中。

当厂家满足于现状、不再研发新产品时，最终会被时间洪流所湮没。人也是一样，如果故步自封，也会被社会抛弃。

03

过早地规划人生，会限制自己潜能的发挥，从而错过一个更优秀的自己。

现在总有很多外界的声音给年轻人施加压力，比如你应该在多少岁的时候毕业，你应该在多少岁的时候恋爱、结婚、生子，你应该在多少岁的时候再生个二胎……

人生哪有那么多“应该”？如果每一件事情都“应该”发生，那么本“应该”财富自由的我们，为什么还在辛苦“搬砖”？

New York is 3 hours ahead of California，这首现代诗，简译过来就是《加州时间》：

纽约时间比加州时间早三个小时，但加州时间并没有变慢。

有人二十二岁就毕业了，但等了五年才找到稳定的工作；有人二十五岁就当上CEO ，却在五十岁去世；也有人五十岁才当上CEO，然后活到九十岁。

有人单身，同时也有人已婚。奥巴马五十五岁就退休，川普七十岁才开始当总统。

世上每个人本来就有自己的发展时区，身边有些人看似走在你前面，也有人看似走在你后面，但其实每个人在自己的时区有自己的步程。不用忌妒或嘲笑他们，他们都在自己的时区里，你也是！

生命就是等待正确的行动时机，所以，放轻松，你没有落后，你没有领先。

在你自己的时区里，一切安排都准时。

日出早的时区，日落得也早；日出迟的时区，太阳西沉也迟。从日升到月沉，每个人都是一样的二十四小时，不要因为别人步履匆匆，就打乱自己前行的节奏，毕竟你们只是生活的时区不同而已，朝阳终将升起。

没错，每个人都有自己的人生，不必一味拿别人的规划去套用你的人生，也不要将自己的人生限制在既定的条条框框内。要记住，这个世界上除了你自己的双脚，没有人可以改变你的道路。遵从自己的内心，在不同的时间段，做当下你最想做、最感兴趣的事，不要被外界的声音干扰，更不要被自己束缚。

著名诗人徐志摩和第一任妻子张幼仪在适婚年龄就被双方家长安排成婚，但受西方文化影响的徐志摩并不喜欢传统的张幼仪。张幼仪对此并无怨言，依旧贤惠持家，并为徐志摩生了一个儿子，可这些在徐志摩眼里，根本不值一提。

后来徐志摩去英国留学，喜欢上了林徽因，便不顾怀着二胎来英国照顾他的张幼仪的感受，执意要与她离婚。

见徐志摩态度坚决，张幼仪也只好签字同意。

本来她的人生规划只是在国内做一个安分的妻子和两个孩子的母亲，没想到突遭的变故将她的人生彻底改变。

她投奔了在德国的哥哥，从此之后便一边学习德语，一边抚养孩子……归国后又当德语老师，又管理银行，还开了服装公司，成了当时轰动一时的女企业家。

随着事业蒸蒸日上，张幼仪后来也找到了真爱，就是医生苏纪之，两个人婚后也生活得很愉快。

可能当初那个嫁给徐志摩、立志做一个贤妻良母的张幼仪并没有想过自己最后会成为一名女企业家，也多亏了她受挫后并没有继续按既定的人生规划走，才迎来了自己新的生活。

别太早给自己的人生下定义，更不要被规划限制了自己，每个人的心里都住着一位屠龙少年，别让他身上的火轻易熄灭。

生活要么大胆尝试，要么什么都不是

01

我之前看过一档知识挑战类的综艺节目。挑战者一路过关斩将，闯到关底的时候，会面临一个附加挑战赛。如果挑战成功，那么会有额外的十万元奖金；如果挑战失败，则前面所累积的奖金将全部取消。

很多参赛者为了求稳，会选择点到为止，放弃后面的挑战，保住自己之前赢得的奖金。

后来，一位挑战者决定试一下，参加了附加挑战赛，却没想到附加赛的题目比前面的明显要简单很多，这十万元的奖金，简直唾手可得。

后来，大家才明白节目组的用意。其实最后一关的附加赛，考察的并不是参赛者的知识储备，而是心理素质。

如果对自己有自信，敢于去挑战未知的事，那么这在一定程度上就意味着参赛者已经赢得了比赛的一半儿。

可很多参赛者明明有这个实力去挑战，却对自己不自信，从而丧失了更多的可能。

这仅仅是一档综艺节目，无论是输是赢，都仅仅是图个乐子。

生活中，这种心态上的差异，却会影响我们的一生。

去泰国的时候，我体验了一下当地的特色游戏——骑大象。

这些大象体格健壮，但很奇怪的是，休息区的大象没人看管，它们就静静地在搭建的棚子里待着。

我就问当地的导游："这些大象没人看管，不会偷偷跑掉吗？它们体格这么大，如果结伴跑的话，人类也很难控制住吧？"

导游神秘地笑笑说："放心，就算是没人看守，这些大象也不会跑。"

我好奇地问："难道大象也分野生和家养？它们失去了野外生存的能力？"

导游笑起来："大象是草食性动物，以吃树叶、野草和野果为生。泰国有茂盛的热带植物，大象即使出逃，也不会饿死，而且它们根本不会跑。"

在我的再三要求下，导游揭开了这个秘密。

原来，在小象出生的时候，驯兽师就会用很粗的铁链子拴住它的腿。小象力气小，被铁链子拖着，只能在固定的范围内活动。如果它强行挣脱铁链，那么腿部只会换来一道道血肉模糊的勒痕。

随着时间的推移，小象渐渐长大，它已经习惯了被铁链锁住的感觉，即使现在的它已经有力气去挣脱铁链，也不会做这种尝试了。

有一次，一个驯兽师将铁链从大象身上取下清洁后，忘记了再将大象锁住，等他想起来赶忙跑到象棚的时候，却发现大象还好好地在里面……

因为它们还记得小时候离开活动范围时被铁链勒住的疼痛，这种疼痛感留在了它们的记忆里，所以即使现在铁链不见了，它们也没有勇气去尝试新的突破了，只能一辈子待在狭小的象棚里。

这虽然听上去有些残忍，但很多时候，我们又何尝不是这些大象呢？

因为害怕打破平稳的现状不敢去突破，从而失去了更多的可能和更广阔的天空。

02

雨轩在做记者五年后，感到自己进入了人生瓶颈期。她想去澳洲留学，换个环境重新给自己充电，同时还能领略异域的风土人情。

但她又有一些犹豫，觉得自己现在已经快三十岁了，而且当前的工作和平台也还不错，如果贸然放弃，可能沉没成本有一些高。而且留学之路是未知的，有可能会遇到新的机遇，比现在生活得更好，也有可能浪费了时间和精力，还不如现在。

很长一段时间里，她都陷在这种纠结里。

不知不觉又过了一年。有一天，她突然发现一位朋友在朋友圈晒出了被英国一所大学录取的通知书。

原来，这位朋友也和她有同样的职场苦恼，于是决定出国留学一年。这位朋友白天上班，晚上复习雅思、联系学校，经过一年多的努力，终于顺利拿到了offer。

“可你不害怕回国后一切又要重新开始吗？”雨轩想到这位朋友比自己还要大两岁，替她担忧地问。

“有什么可怕的，即使再差还会比现在更差吗？如果不试一下的话，怎么知道是好事还是坏事呢？”这位朋友回答得很坚定，这种坚定中又透着一股不容置疑的自信。

雨轩现在才意识到，自己把过多的精力都花在了对“未知”的担忧上，而不是去努力尝试如何突破。这样，她不仅把自己搞得郁郁寡欢，白白浪费了很多的精力，也没有解决任何问题。

其实，当你遇到一个选择，或者一个难题的时候，尝试去解决永远比原地踏步有效。你尝试了，即使失败，大不了换一种思路从头再来，但你不尝试，就永远只能封闭在当下的苦闷里。

有时候，你和所面临的问题，只隔了一道墙，而这道墙，就是尝试。

雨轩受到启发后，也勇敢地申请了澳洲的大学，并且顺利拿到了offer。她虽然一开始独自在澳洲求学遇到了一些困难，但好在她努力克服，最终困难一一解决。

后来，她发现澳洲有很多人想学习中文，就在上课之余兼职做汉语老师，再后来，她想既然中文教学的市场需求这么大，她为什么不自己干呢？

于是，她联系了一些同样在澳洲留学的学生，大家一起创业开办了一个汉语培训机构，还在创业过程中认识了现在的先生。

当时为赴澳留学而纠结的雨轩，万万没想到自己的人生竟然可以如此精彩，她至今还感谢当时那个勇于尝试的自己。

我也问过她："如果留学并不顺利呢？"

她坚定地说："即使再差，试一下，让自己动起来，也好过在当前的死水中挣扎。"这一刻，她的语气很坚定。

有时，你可能真的只是缺乏一个让自己动起来的决心。

03

尝试并不一定能带来预期中的效果，不断摸索却一定能带给你不少收获。

我刚开始工作的时候，领导让我们做自己的微信公众号。刚刚毕业的我们当时并不知道什么是新媒体，也不知道微信公众号怎么做，于是就从网上查找资料，学习一些相关的操作。

为了更加详尽地研究公众号的运营，我回家索性自己试着开了一个号，并且每天写点儿小文章，没想到因此误打误撞认识了很多厉害的自媒体人，从他们那里学到很多自媒体的技能，这仿佛为我打开了新世界的大门。更没想到的是，很多平台和媒体开始转载我的文章，让我被更多的人知道，这也极大增强了我写作的自信心。

接着，我开始尝试做图书策划，联系作者，写策划方案，提交选题表，思考图书主题和宣传角度等，主动请教一些多年从事出版事业的前辈，渐渐摸索到了一些门路，也策划出了一些销量还不错的图书。

后来当出版机构联系我出书的时候，我就能从一个“内行人”的角度，去判断哪家出版机构适合自己的文风，从而更好地去维护自己的利益。

2018年的时候，随着新媒体的发展，知识付费行业异军突起，我觉得“终身学习”是一种很好的理念，便尝试做知识付费课程策划师。

这是一个比较新的领域，我也是初次尝试。如何确定课程主题、如何打磨课程大纲、如何联系到合适的老师等一系列问题都摆在我前面。

这时，一个平台的编辑找到我，说看到了我的书，感觉我很适合为一些迷茫中的女性讲一些成长类的课程，问我有没有这个意愿。

我一听，觉得这或许可以解答我目前对于知识付费的一些疑惑，既然不知道用户喜欢听什么样的课程，那就自己试着讲一下看看吧。

我根据自己的知识体系，确定了一个大致的主题方向，在大方向下又制定了五个小主题，然后再根据小主题写课程大纲。

在这之前，我也没有太多的经验，所以写完课程大纲以后就发给编辑确认，希望她能提一些专业方面的意见。没想到编辑看后很惊奇：“这个大纲完全没问题！”

得到编辑的肯定之后，我开始写每节课的逐字稿。课程的逐字稿与文章不同，因为逐字稿是音频的形式，所以半个小时左右的课程就要写一篇约七千字的逐字稿。那段时间，我常常需要写到凌晨两点多，然后再尝试、调整录音，凌晨三点多睡觉是常有的事。

没有人对我提出过高要求，但我就是想自己试一下，如何把一件事情尽可能做到最好。

后来，功夫不负有心人，我的第一节课上线后，当晚的收听量就达到七万多，我自己都震惊了。更加没想到的是，第二节课的收听量直接飙升到二十多万。

这次线上课的成功，也带给我很多工作上的启发，我有了自己成功的案例，也就能更好地说服导师修改自己的课程大纲。

当然，我的尝试也有失败的时候。

我的第一本书上市后，编辑让我自己也做一些宣传，可我不太会自我营销，就一度显得比较“佛系”。

当时某个短视频软件很火，编辑就启发我，让我也开通一个账号，自己拍视频。

我一向喜欢尝试不同的领域，立马下载了那个短视频软件，看了一下午后，大概摸清了一些“套路”，自己也尝试拍了几个短视频。

我自诩拍得还可以，没想到点赞量并不高，这让我感到沮丧，后来请教了一些做视频的朋友才知道，原来“高质量、高点赞量”背后的逻辑很复杂，涉及的商业链也比较多，这件事并没有表面看上去那么简单。

我根据朋友的指点，反思了一下自己，觉得拍视频并不是我的专长，而且需要投入的时间、金钱和精力太多，同时头部流量已经被占据，这个时候再进入市场并不是个好时机，最后我决定放弃对短视频这块的探索。

虽然这次算是一次比较失败的尝试，它却让我明白自己究竟更加适合做什么。

《权力的游戏》里有一句经典的台词：“大部分人在尝试后才知道自己真正想要什么，可悲的是，许多人在垂垂老矣之前并没有机会尝试。”

其实在机会面前人人平等，就看你有没有勇气做出尝试。

很多时候，勇敢的尝试就已经是成功一半了，生活就是，要么大胆尝试，要么什么都不是。

强大，
是保护自己唯一的盾牌

01

2018年，我出版了自己的第一本书，其实这是一本差点儿夭折的书。

2016年底，有多家出版公司联系到我，要跟我合作出书，最后我选择了其中一家签订了出版合同，书名都定好了，对方答应我在交稿后半年内上市，合同上也写得清清楚楚。

结果我2017年如约交上十四万字的稿件时，对方却以稿件需要修改为由，迟迟没有做进一步的计划。

我耐心等待了三个月，每次询问，对方都敷衍搪塞。我感觉事情不太对，就直接找到他们的老板询问，这时他们才告诉我，以后他们家只做亲子家教类的书，不做这类书了，所以我这本其实出不了了。

当时听到消息后，我简直“怒从心头起，恶向胆边生”，觉得自己受到了欺骗，被白白地耽误了半年多的时间，同时也错过了很多其他出版机会。

但合同上也没有注明违约赔偿之类的条款，我除了签解约协议和接受他们的口头道歉外，没有任何办法。

但我没有在情绪上浪费太多的时间，第二天就联系了多家之前被我婉拒的出版社。

这个时候，出版行业已经受到了一定的冲击，书号锐减，就连很多名家大家都很难申请到书号，更别说是还没出过书的小作者了，出版公司会在选题和作者名气上做出衡量和判断，决定出哪些书。毕竟商场如战场，大家都想用尽可能低的成本获得尽可能多的收益。

所以之前有几家对我表现得很积极的编辑，现在也开始犹豫起来，毕竟我是个新人，还没有经过市场的历练，不知道值不值得投入。

其中，一个朋友介绍给我一家出版公司，说自己的一本书就是在他们家出的，虽然稿酬低了一点儿，但做工还是不错的，她把编辑的微信推给了我，让我聊一下试试。

我当时想着，只要能出版，稿酬低一点儿就低一点儿吧，毕竟现在大环境确实不太好，于是我尝试联系了那个编辑，并把自己写的选题策划案和样章发给了他。

对方随便扫了一眼，问我：“你现在多少粉丝啊？有名气吗？”

我说粉丝不多，各个平台加起来也就五万左右。

对方就很夸张地笑了，说：“就这么点儿粉丝，又没有什么名气，出了能卖出去吗？我们再商量商量吧。”

虽然我知道作为出版方，考虑得更多的是盈利问题，他的担忧也有道理，但这种蔑视的、嘲笑的语气，让人很不舒服。

我查了一下这家出版公司，几乎搜不到太多的信息，出版过寥寥几本书，销量也很一般。后来我跟朋友们聊起来的时候，发现他们在作者圈里口碑也很差。

后来，我顺利和另一家出版公司签约，因为好多朋友在这家出过书，口碑不错，所以我也比较放心。事实证明这家果然效率很高，我的稿子一审核就通过了，同时我也更新替换了很多新的内容，字数由原来的十四万字增加到二十二万字，出版社也一路亮绿灯。原本书号锐减一大半儿，很多书号要等大半年才能下，结果我的书号不到一个月就下来了，这也着实令我和我的编辑惊喜。

02

就在我的第一本书即将上市的时候，之前那个傲慢的编辑突然联系了我，说他有个朋友急需一本励志书稿，倒是可以低价收购我那本稿子。

那个语气，就好像一个施舍者终于看不下去，赏给你一块干了的小面包，还对你说："你可得好好感谢我啊！"

我立马回绝了，我宁愿不出，也不喜欢和不尊重别人的人打交道。

我的第一本书上市以后，也多亏了各路朋友的捧场和帮助，居然销量不错，还加印了几次。我每天也会收到很多读者私信，说喜欢我的文字，我的文章带给他们很大的帮助。

这些点滴的收获都让我很感动。原来只有给他人带来帮助，产生自我价值感所带来的满足，才是真正持久的快乐。

随着第一本书的销量越来越好，也有很多"机遇"找到我，其中就有一家女性平台，邀请我去做课。

我也是抱着试试看的心态去了，没想到第二节课的在线播放量就达到了二十多万。我高兴地截了个图，发了个朋友圈。

万万没想到，那个傲慢的编辑又联系到我，其实这个时候我早已把他忘了。

这个编辑这次的态度，跟之前完全不一样，上来先说了句："西风老师，打扰了。"

我差点以为他被人盗号了。

我问："什么事啊？"

他说："刚看到您在朋友圈发的截图，看来您的课很受欢迎啊，有没有想过把课程的内容出版成书呢，我们可以考虑合作呀。"

一时间，我才恍惚想到我们之前的对话，他之前对我的态度还历历在目，前后的差别，竟然还有些讽刺的意味。

一个人在你人微言轻的时候轻慢你、不尊重你，那么当你有一天做出一些成绩的时候，也记得不要跟他有什么合作，因为合作一旦出了意外，或者结果没有达到预期，他一定是第一个弃你而去的人，说不定还会踩你一脚。我们需要的合作伙伴，是那种能在你需要的时候，可以随时拉你一把的人。

后来，我再想起这件事的时候，感觉也可以理解那位编辑的心态了，毕竟他也有他的顾虑和工作考核标准，如果贸然做出判断，也会影响自己的业绩。

归根到底，是那个时候的我还不够强大罢了。当他看到我已经有二十多万听众的时候，发现我已经通过了市场的检验，有了一定的流量和粉丝基础，才感觉我值得投资。

当你不够强大的时候，凭什么要求别人相信你、投资你、尊重你呢？而当你真正变强以后，就自然会形成一股气场，吸引别人来对你感兴趣，也自然会赢得别人的尊重。

一棵小树苗长在地里，没有人会注意到它，人们会忽视它、践踏它，甚至毫不惋惜地毁掉它，没人会觉得有什么不妥，毕竟你只是一棵可有可无的小树苗。

但当你长成参天大树的时候，你就有了价值，你可以遮风挡雨，可以开花结果，甚至被做成各种家具、工艺品……如果你恰好是一棵珍贵树木，那就更是无价之宝了。

这个时候，没有人能忽视你，更没有人会践踏你，因为你已经是一棵强壮的大树了。

03

随着《神奇的动物在哪里》系列电影的上映，《哈利·波特》的作者J.K.罗琳又重新回到了媒体的视野，甚至有媒体预测，凭着《神奇的动物在哪里》的上映，她的个人财产又要翻倍了。

但没人能想象到，这个2004年就登上“福布斯富豪榜”、世界上第一个靠版税挣到十亿美金的女作家，在出名前有过一段怎样灰暗的经历。

在《哈利·波特》第一部出版以前，她是个靠领取政府救济金度日的单亲妈妈，每天都会到一个小咖啡店，点一杯最便宜的咖啡，然后在小纸片上写写画画……

她没有钱去购置衣服，让自己看上去穿着更体面些。到这个咖啡馆来本身也有些迫不得已，因为苏格兰的冬天酷寒难耐，她租住的公寓又小又冷，来到这儿不仅可以取暖，而且能够伸出手来，用笔写出她的梦想。

历时五年，她终于把这部小说写完。当她小心翼翼地把稿子交给各大出版社的时候，换来的却是一次又一次的拒稿、退稿……最后她的诚意终于打动了一个出版商，他们买下了这部小说并且出版，然后迅速风靡了世界……短短几年，这部小说在全球的销量就达到了两亿多，J.K.罗琳的命运也从此改变，收入和名气增加了，也有更多知名公司来找她合作了，其中就有美国华纳电影公司，他们早早就买下了哈利·波特系列的作品改编权。

在J.K.罗琳还是个躲在咖啡馆里写作的单亲妈妈时，很少有出版社敢于冒险出这么一部想象力奇特的书，可后来随着作品的走红，J.K.罗琳的身价也水涨船高，她赢得了全世界的尊重。

这是她努力的结果，也是强大之后的她应得的东西。

J.K.罗琳曾在《哈利·波特》里面写过："沉湎于虚幻的梦想而忘记现实的生活，是毫无益处的，千万记住。"

当然，社会很现实，但也不一定全是功利，即使我们还没长成参天大树，相信也总会有善良的人赏识和栽培我们。

我想说的是，你只有自己强大起来，才能避免受到更多不公的伤害。

时间的风雨那么多，依靠别人和运气是不行的，自身的强大才是你唯一可依靠的保护伞。

PART 4
好的感情是相互成就

YOUR LIFE
WITH A HIGH TASTE
Tasty life

感情也需要“断舍离”

01

我之前收到过一条读者私信——

“情人节和男朋友约好去看电影，男友却在电影开始前三个小时失联了，电话微信等联系方式全部拉黑，怎么也联系不上。本来三天后是我的生日，他还说要陪我一起过，可现在没有任何理由，就这样消失了，连分手都没有说。我好难过，他为什么要这样？”

这是一个闻者伤心、见者落泪的故事。

首先，我们不得不说这个男生的做法确实挺渣的，最起码也是缺乏勇气、没有责任心的一种表现。然而我们又不得不承认，这种情况现在确实也比较常见。

为什么明明很要好的两个人，突然就不联系了呢？

遇到这种情况时，我们的第一反应往往是：为什么？是我哪里做得不好吗？

曾经，我也被一个好朋友莫名其妙地拉黑过。

我跟她已经有七八年的交情了，我们不在一个城市，平时偶尔联系。

有一段时间，我和她遇到了类似的烦恼，几乎每天都会相互倾诉，可突然有几天，我发现她没有找我聊天，就发了条微信问她近况如何，然后惊奇地发现自己已经被她拉黑了……

我有些奇怪，但也没有生气，就把这件事暂时放到了一边。

大概过了一个月，我发现她在微博上联系了我，我俩相互发私信聊起天来，好像我被拉黑这件事从来没有发生过。

我就趁机让她把我从黑名单里放出来，说其他软件联系不方便。

她这才想起来，然后解释说那段时间很烦，不想跟别人多说一句话，于是把常联系的人都拉黑了，开始闭关，现在已经渡过了难关，却忘了把大家“放”出来。

心理学上有一个效应，叫作“淬火效应”。

“淬火”的原意是指金属工件加热到一定温度后，浸入冷却剂（油、水等）中，经过冷却处理，工件的性能会更好、更稳定。

心理学上把这定义为“淬火效应”，通俗一点儿说就是“冷处理”，指对于麻烦事或者已经激化的矛盾，搁置一段时间，思考会更周全，处理办法也会更稳妥。

有时候，我们会突然感觉跟熟悉的人失去了交流的意愿，或者对某个人和某件事突然失去了兴趣，其实就是之前“过热”，导致心理上出现了“淬火效应”。

所以，有时候，冷下来了，不一定就是不在意了。

02

有一年圣诞节的时候，同学从澳洲来北京玩，我请他吃了饭，他送了我一个毛绒兔子的挂件。

当时很流行那种澳洲“装死兔”的挂件，几乎每个女生都渴望在包包上挂一个。

我也很喜欢那个毛绒兔子挂件，兔毛的，超级柔软，也很可爱。我记得标价好像是一百六十八人民币，当时感到很震惊：天啊，一个毛绒挂件居然这么贵，够我吃好几顿饭了。

我非常宝贝那个兔子挂件，每天都挂在包上，到了办公室以后就从包上摘下来，摆到桌子上，怕弄脏了。

后来兔子挂件被我洗过一次，还是用专门洗羊毛衫的清洁剂手洗的，然后工工整整地晾干。

我晚上睡觉的时候，就把那个兔子摆到床头。

后来，春天到了，毛绒挂件已经不适合出现在包上，我就把那个兔子收到了柜子里。

没过多久，一个朋友有了宝宝，邀请我去他家做客，我花了三百多买了一只玩具兔子，送给他的小宝宝做礼物。

我很喜欢那个玩具兔子，但就想着以后挑个有纪念意义的日子买了给自己做礼物。

终于，在“六一”儿童节的那天，我送给了自己那只三百多的兔子，而那个曾经被我异常宝贝的兔子挂件，在被我放到柜子里以后，就再也没拿出来用过。

我没有喜新厌旧，一直把兔子挂件很好地保存着，也很感谢毛茸茸的它陪伴我度过了那年寒冷的冬天，我只是不再用它了而已。

03

我之前看到过一个心理学故事，说有一个男人，他感情经历很丰富，可以跟很多女人发生一夜情，但他从来不会和发生一夜情的女人接吻，因为他并不爱这些女人。

行为心理学告诉我们，接吻是向对方传达亲密信息的举动，当你不再喜欢一个人的时候，一般会从拒绝和他接吻开始……

艾米和前男友最后一次见面的那天早上，她向他要早安吻，却被对方拒绝了，艾米问为什么不愿意，他说自己不喜欢在早上接吻。

后来，他们在午餐后分别，艾米像往常一样跟男友吻别，他却稍作犹豫，躲开了艾米的唇，让艾米亲到了他的脸颊上。

艾米心中一凉。

果然，没过几天，男友就向艾米提出了分手。

后来，历史总是惊人地相似，艾米又遇到了一个彼此互有好感的男生。他们两个人一直保持着暧昧关系，可在一次共进晚餐后，艾米突然对眼前的人失去了继续交往下去的兴趣。

在即将分别之际，男生热情地想跟她吻别，艾米条件反射似的躲开了他的嘴，让他亲到了自己的脸颊上。

“我确实好像没什么热情了，但我并不讨厌他，我依旧对他有好感，只是没那么强烈了，我自己都想不明白是怎么回事。”艾米事后愁眉苦脸地向朋友倾诉。

一个人不再愿意跟你接吻的时候，八成就是不再像以前那样爱你了。

但，不爱并不一定代表着恨，或者讨厌。

就像我之前的那只兔子挂件，我把它收了起来，是因为这一段时间内不再需要它了，可不代表我不喜欢它了。

在人际交往中也是同样的道理，可能只是觉得这段交情，到了该珍藏起来的阶段了吧。

其实，每个人都会不断更新“社交血液”。感情也需要适时地“断舍离”。大家开开心心地在一起过，然后再开开心心地彼此祝好，挥手作别，没什么不好的，路那么长，总有下一个人在等着你。

所以，当你在人际关系中突然“遇冷”的时候，不要着急质问或者自怨自艾。活得高级的人，从来不会在情绪中钻牛角尖。

想想那个兔子挂件，尽管它被雪藏了，但它永远值得珍惜，你也一样。

没有天生合适的两个人，只有相互包容的两颗心

01

橘子的每一段恋情似乎都不长久，每次分手的理由都很奇怪，但归根结底都是她所谓的“不合适。”

这些“不合适”有很多，比如，“我喜欢吃清淡的，他喜欢吃辣的……饭都吃不到一起去，怎么在一起，我们不合适”。又比如，“我周末喜欢去爬山、郊游，他就喜欢宅在家里做饭、打游戏，我们生活方式不一样，玩都玩不到一起去，我们不合适。”

现在很多年轻人都渴望一下子就找到那个跟自己非常契合的人，却忘了“世界上没有两片相同的树叶”，即使双胞胎都不一定能保证一模一样，更何况是茫茫人海中相遇的两个陌生

人呢？

文琪通过亲友介绍认识了现在的先生阿宇。

刚开始，文琪对阿宇并没有太多的好感，甚至觉得阿宇配不上自己。

“我想找一个令我崇拜的，能带我看世界带我飞的人。”谈到理想对象的问题时，文琪如是说。

的确，名校毕业的文琪回到家乡小城工作后也并没有安于现状，她喜欢旅行，去看不同的风景，结识不同的人，毕业一年后就玩遍了大半个中国。她也喜欢学习充电，平时下班回家的路上没事就听在线音频课，文学、历史、经济、心理……各个领域都有所涉猎。周末还会去游泳、健身、爬山、研究烹饪等。不管从哪个方面看，她都是一个独立、聪明、有主见的姑娘。

相反，阿宇明显不是这一款的人。他性格憨厚，对于探索未知世界并没有太大的热情，平时下了班就喜欢跟朋友打打游戏、吃吃饭，即使突然心血来潮买了本书决定好好学习，也只有三分钟的热度，于是也没什么自己的看法，更喜欢做个“好好先生”。

就这样看上去“风马牛不相及”的两个人，居然结婚了，而且生活得还不错。

“你是怎么想开的呢？”我问文琪。

“其实一开始我确实觉得很委屈，我想找一个可以让我依靠的人，而不是事事都要依靠我、没什么理想抱负的人。我想过不再联系他。”文琪说，“但后来相处久了，我心态竟然有了转变……”

文琪喜欢看电影，每当有新片上映的时候，她都会叫阿宇陪自己看。阿宇虽然对电影兴趣一般，但每次都会买好票陪她去看。两个人一起吃饭的时候，总是文琪拿主意，阿宇什么都说好，然后订好位置，带她去吃。平时文琪出去玩儿，阿宇就默默地陪在她身旁。晚上文琪要听课，阿宇就戴着耳机在旁边默默打游戏。

“我的性格比较独立，凡事都是自己拿主意；阿宇就比较中庸。一开始我觉得我们很不合适，但随着日常相处，我发现我们才是最合适的一对。如果他也是个很独立、很有主意的人，我们两个都很强势，不免会时常吵架，最后一拍两散，而现在不管我想做什么，他都会支持我，我们也不会争执，感觉很安心。其实这才是我最想要的感情吧。”文琪感慨道。

年轻时，我们都渴望走遍高山大海，拥有一段轰轰烈烈的爱情，找到一个可以为你“上九天揽月，下五洋捉鳖”的人。后来才发现，太过炽热的爱终抵不过时间的消磨，太过年轻的感情也经不住成长的煎熬，最后留在我们身边的那个人，不一定是最好的，但一定是最合适的。

02

好的爱情，不是一蹴而就，而是一场持久战。

我曾经看过一部荣获2015年度北京电影学院“学院奖”短片大赛优秀奖的短片《地平线》，里面以沙漏中一对恋人的爱情故事为主线，讲述了他们平常却又不平凡的一生。

银幕上一条直线是沙漏的横截面，地平线以上的一切都以简约的黑白色调来呈现，哪怕是影片开始短暂的甜蜜恋爱过程，也没有增加冗余的色调。

恋爱时两人的脸上总是挂着笑容，有说不完的话、聊不完的天。他们一起出去玩儿，在海边的沙滩上堆城堡，像两个天真的孩子。

那个时候，她就是美丽的公主，他就是那个勇敢的王子，城堡就是他们的家。

后来，他们如愿结婚了。

刚开始的时候，两人一狗，好比神仙眷侣。

她每天早起为他准备爱心早餐，他会在离家时跟她吻别。晚上两个人一起窝在沙发上看剧，一切都很美好。所有情节都仿佛是唯美爱情片中的场景，你侬我侬中让时间过得飞快。

可日子渐渐地陷入这种重复的时候，一切又变得无聊起来。他感到了婚姻的束缚，觉得自己就像笼子里的小白鼠。

慢慢地人到中年，生活掺杂了鸡毛蒜皮的琐事：他要陪她逛街买东西，每个月按时上缴工资，偶尔在厕所偷偷吸烟也不免引发纷争；她年老色衰，他偷偷在厕所里看年轻女郎的写真杂志，被她发现后又是一顿鸡飞狗跳……

他不想再妥协了，他准备跟她宣战，抢回属于自己的自由。

当年定情的沙滩城堡照片被他摔在地上，从此家里开始了战争。后院起的火，能让地平线都跟着震颤，这震颤或许会消停片刻，但永远不会消失，这给两人的关系带来了毁灭性的打击。

但他们的关系始终没有断裂，在这场战争中，他们迎来了自己的孩子。

但孩子的出现并没有使这场战争停止，在年复一年的争吵中，孩子渐渐长大，离开了家。

吵了一辈子，他们也老了。

有一天他看书的时候，发现了夹在里面的那张城堡的照片，往事渐渐浮上心头。他们决定携手去寻找年少热恋时搭建的城堡。山高路远，蹒跚中两人不忘彼此扶持，看到了许多曾经被忽视的美丽风景，也经历了很多的危险和意外。

终于要到达目的地的时候，她已经支撑不住，先走了一步，近在眼前的地方也隔了一层玻璃，无法触碰，就好像有些事情，再也难以回到过去……

他们当然找不到曾经的小城堡，那里有他们赤诚的初心，和彼此凝视时不灭的深情。

但这嬉笑怒骂的婚姻仍然是他们相爱的证据，怨恨也好，舍不得的痴恋也罢，总归是让他们一路互相折磨着互相亏欠着，走到了地平线的终点，也走到了人生终点。

03

有人说婚姻是爱情的坟墓，也有人说童话故事之所以美好，是因为它从来不讲王子和灰姑娘的婚后生活。

好像每一段感情在进入平淡期之后，都会变得索然无味，甚至让我们怀疑眼前的这个人，到底是不是自己真正的Mr（s）. Right。

有人问《奇葩说》辩手杨奇函：“婚后遇见此生至爱要不要离婚？”

杨奇函的观点是：“绝对不能！”

他说，从统计学上看，只要有不可控性存在，那么就永远求不出一个最优解，我们只能求出一个最优的概率区间，这就意味着没有两个人是一定的真命天子和真命天女。只是有一个范围，大家是都合适的，那个靠的是长期的磨合，长期的沟通和交流。你今天遇到一个合适的，后天又遇到一个心动的，你都觉得可以，因为他们都在你喜欢的这个区间里，但他们都没有和你经过磨合的过程，所以还是现在这个婚姻是比较靠谱的。所有的爱情其实都不稳定，到最后都会流于平淡，流于亲情，虽然婚姻是爱情的坟墓，但没有婚姻的坟墓岂不是死无葬身之地了？

这是我听过的关于类似问题最好的回答，有理有据，令人信服。

世界上没有绝对合适的两个人，就像上面的短片中提到的男女主人公，就算一开始郎才女貌，你侬我侬，看似契合，但随着时间的推移，也会出现分歧与矛盾。如果磨合不好，免不了硝烟四起，分崩离析；如果相互包容，好好磨合，必将峰回路转，感情更上一层楼。

据说，有一天，铁凝冒雨去看冰心。

“你有男朋友了吗？”冰心问铁凝。

“还没找呢。”铁凝回答。

“你不要找，你要等。”九十岁的冰心老人说。

这句话给铁凝留下了很深的印象，也给了她很大的影响，让她认为只要耐心等待就会收获自己理想中的爱情。于是，在随后的三十多年里，铁凝一直在等待那个理想的人，终于在五十岁的时候，她遇到了五十四岁的燕京华侨大学校长华生。

故事的结尾看似如愿以偿，幸福美满，可这漫长等待的三十多年孤独时光里的苦楚，或许也只有铁凝自己知道了，而最后等到的是否真的是那个理想的人，我们也不得而知。

我们不妨换个角度想，如果当时铁凝没有听信冰心的话，而是积极去寻找那个人，两个人彼此包容、磨合、共同成长，生活和人生是不是都会更加丰盈一些呢？

在感情里，合适的人从天而降的概率差不多等于天上掉馅饼的概率，所以一味等待，并不一定能收获好的结果，行不行，只有试了才知道。

怎么判断一段感情合不合适呢？很简单。

如果一段感情带给你的快乐比痛苦多、成长比矛盾多、幸福比纠结多、安心比猜疑多，那就是合适的，这说明你找到了一个愿意陪你一起成长的另一半。

记住，没有天生合适的两个人，只有相互包容的两颗心。

好的感情，大多只注重当下

01

一对情侣分手，女生悲愤交加，哭着质问男生："当初你说喜欢我，到底是不是骗我的？"

男生沉默了一会儿，不知该做何解释，最后只说了一句："对不起。"

剩下女生一个人哭晕在原地。

每天，每时，每刻，在全球各地都会上演类似的戏码。

一段感情走到尽头的时候，总会有一方提出质疑：对方当初的表白或者承诺是否真实。虽知道过去的事情不可逆，但还是想求一个安心，抑或是死心。

"肥姐"沈殿霞和前夫郑少秋离婚十四年后，在一档访谈节目里，她最终没忍住问了作为嘉宾的郑少秋这样一个问题："其实我和你已经做过十年的夫妇了，我知道你样样将事业放在第一位。但有一句话，始终在我心里面是一个问号，我今天想借这个机会问你一句，你只要回答 Yes 或者 No 就可以了。在这十几年里，你有没有试过真真正正中意我？"

这段话并没有出现在排练的剧本上，问题一出，现场哗然。

当时作为香港小生的郑少秋选择与"肥姐"沈殿霞结婚时，其实很多人并不看好，因为以郑少秋的颜值，大家觉得他应该找一个跟自己匹配的大美女，而不是身材肥胖的沈殿霞。

虽然不被看好，可这段婚姻依旧给他们带来很多幸福和欢乐。后来在拍戏的过程中，郑少秋跟另一位女演员擦出了火花，媒体也将这段绯闻炒得沸沸扬扬，再加上之前的舆论压力，沈殿霞难以承受这种痛苦，提出了离婚。

可离婚后十四年的时间里，沈殿霞始终不知道对方当初是真的爱自己，还是只是一时冲动，或者只是为了事业利用了自己。

在这档节目里，她终于选择解开自己的心结。

郑少秋几乎是毫不迟疑地看着沈殿霞说："我其实好中意你的。"

郑少秋还想继续解释，却被沈殿霞打断了："多谢你，这样就好了。不需要再讲其他的了。"

放在心里十四年的心结终于在这一刻解开了，她终于可以放下过去的一切，大步向前。

只要曾经对彼此真心实意地付出过，并且知道这颗真心被对方同样珍惜过，就好了。感情到最后的时候，也不过是图个问心无愧。

02

然而也有一些人，没法像沈殿霞那样敢于活在当下，即使对方承认当初绝无谎言，也会认为这不过是对方在继续欺骗自己。

那么，之前的承诺在日后被推翻，真的是因为当初对方在说谎吗?

刚从杂志社辞职那阵儿，我跟一个朋友约饭，正好她也刚刚从一家出版机构辞职。

我很感慨地跟她讲："你知道吗，我记得当初面试的时候，我是真心喜欢这个职业，并且打算一辈子在这个行业深耕的。"

她一口水喷了出来，笑着说："我当初跟你说的一模一样！"

"然而万万没想到，只做了三年就打算转行了，"我苦笑道，"不过，我当初说的话都是真的，我当时是真的喜欢这个工作，也是真的打算在这行干一辈子的。"

她赞同地点点头："我也是。"继而又补充道，"不过后来想换工作也是真的……"

"我们这到底是什么心态？"我问她。

"大家说的渣男心态吧。"

通过这个亲身体会，我得出一个推论，就是在感情中，如果一个人当时说爱你并且想跟你一直在一起，那在很大概率上就是真的，最起码在他说的那一刻是可信的。可后来你们都经历了一些事，都成长了、变化了，那个人突然说，我们不合适，还是分开吧，也别猜疑他有什么苦衷和难言之隐，因为这也是实话。

所以，能在感情中做到对当下的自己和对方坦诚，已经十分不易，又何必再为过往或者今后的承诺纠结呢？

03

经典电影《罗马假日》里，安妮公主作为英国皇室的继承人出访欧洲各国，在到达最后一站罗马国时，她终于厌倦了，讨厌一切的出行安排，讨厌一切的教条规矩。

于是在一个晚上，她从大使馆里悄悄跑了出来，恰巧遇到了新闻社的失意记者布莱德。

布莱德知道安妮公主的身份后，想趁机做一份专访，赚一笔钱，但没想到在与安妮的交往中，他对公主产生了感情，同时公主对他也十分喜欢。

他们一起游览罗马，吃冰激凌、骑小摩托，在“真理之口”开玩笑……

最后布莱德觉得两个人的感情比新闻的稿费更加重要，就放弃了偷拍的公主的照片。

然后，她回到王室继续做她的公主，他回到报社继续做他不得志的记者。

在媒体发布会上，安妮说要认识一下媒体的朋友，一一和记者握手，就这样她以女王的身份和布莱德做了最后的告别。这之后，一别就是永远，但只有他们知道，这一握，就是天长地久。

这部电影的结局看似是个悲剧，但观众并不会觉得悲伤，反而会被安妮和布莱德真挚的感情感动。

他们的相处仅仅一天，双方自始至终也没有跟对方表白过，但这是我们见过的最纯真的感情，因为他们都在有且仅有的当下，真正地喜欢过、开心过，难道还有比这更可贵的吗？

爱情是一个过程，并不是所有的爱情都能开花结果，但只要曾经对彼此真诚地喜欢过，那么这份爱给你带来的价值，就远比结果更加重要。

所以，当面临一段走到尽头的感情的时候，不要再纠结过去的表白或者承诺是真是假，只要当时你们在一起的时候，你觉得是真的，就够了。

不必为过去耿耿于怀，也不必为未来担忧，一段好的感情的衡量标准，不是过去，也不是将来，而是你们在一起的现在，当下的每一分、每一秒，你是否喜欢过、坦诚过、无怨无悔过。

记住，过往不恋，未来不迎，当下不负。这不仅仅适用于爱情，也适用于任何感情。

每一种爱，
都有不同的表达方式

01

青青觉得男友不爱自己了，因为他从来不会像网上描述的那些男友一样，给自己买衣服、包包、口红……也不会每天在临睡前说很多甜言蜜语哄自己睡觉。

“他一点儿也不关心我。”青青抱怨道。

“或许他只是不太擅长这些外在的表达呢？”我问。

“可是爱我的话怎么会不主动关心我呢？我不是一个物质的女孩，也并非真的想要他的礼物，但情人节都不送我花也太不走心了吧？”青青气得嘟起了嘴。

“那他有没有别的表达方式啊？”

青青想了想说：“他只会带我吃饭，去不同的新发现的餐厅，体验不同的菜品。”

“那也是一种表达方式啊。喜欢你才愿意跟你一起吃饭，很多感情也都是吃出来的呢。”我说。

“可跟朋友也可以吃饭啊，一点儿特殊待遇都没有，他分明是没有把我当女友，充其量只不过是饭友。”青青还是不服气。

后来，青青还是提了分手，再后来，她又找到了新的男友，这个新欢貌似很懂事，能识时务地说些甜言蜜语，也会送青青一些价格不菲的礼物。

按照青青的判断标准，这个大概就是真爱了吧？可后来，青青发现，他是会哄人，可不止哄她一个人；他是会送自己礼物，可也不止送她一个人。

这时候，青青才明白，原来有些看似不错的表达方式，其实都是套路，而有些表达方式看似普通，甚至有些“不走心”，却饱含着真心实意。

之前我看过一个短片，讲述了爱的表达方式。

女生深夜下班回到家，看到爸爸在门口坐着，问他怎么跑这儿来了。他也只是随口一说：“出差，顺便过来看看你。”

刚进屋，女生就接到了工作电话，打开电脑进入工作模式，一旁的爸爸有点儿尴尬，坐也不是，站也不是。

女生看了他一眼，就开始接着忙了，脸上还略带不悦，仿佛在说：怎么不打招呼就来了，没看我整天忙成这个样。

等女儿忙完了所有工作，抬头却发现爸爸已经离开了，只剩下桌子上一顿丰盛的晚饭。

女儿瞬间泪目，边吃边哭。

“爸帮不上你什么忙，只能给你做点儿你爱吃的。”短片的结尾出现这样一行字幕。

小时候我们会觉得父母无所不能，长大后才会发现，父母好像什么忙也帮不上，他们不懂追星，不懂我们感兴趣的话题，甚至不懂我们的工作。

可，我们忘了，他们一直在用自己的方式爱着我们，过去是这样，现在是这样，以后也一样，从来没变。

当我们向父母索要的时候，父母只怕给予得不够。而当父母需要我们的时候，只希望我们不打折扣。

爱的表达方式有很多种，就看你能不能体会。

02

英国艺术家Gary Andrews 创作的动画《涂鸦日记》在国外曾流传甚广。

在妻子过世后，Gary Andrews用漫画记录与妻子相遇、结合到离别后的点点滴滴，每一笔都饱含对妻子的思念。

1998年，Gary Andrews和妻子相识、相知、相恋六年后，两个人步入婚姻的殿堂，结婚三年后，两个人有了爱情的结晶，迎来了他们的第一个孩子。

2010年，他们又有了第二个小生命。

岁月如梭，很快，两个孩子都上学了，而Gary Andrews和妻子的感情还是一如既往的美好、甜蜜。

后来，Gary Andrews到外地工作，夫妻俩不得不分开。

有一天Gary Andrews接到电话，才知道妻子被送到了医院。不久，妻子过世了，只剩下了Gary Andrews和两个孩子相依为命。

没有了妻子的陪伴，他开始感到孤单和寂寞，但不得不接受现实，带领孩子们开始新的生活。

Gary Andrews开始做全职爸爸，有了第一次陪孩子玩的经历。

和孩子在一起生活后，他变得不那么孤独了，但还是希望妻子能陪在自己身边。

悲伤就像坐过山车，真的很难熬。但他能感觉到，在冥冥之中，妻子在陪伴和指引着他们。

孩子的成绩不错，相信妻子也一定会为他们而骄傲的。

尽管生活给他们设下了重重障碍，但只要一家人在一起，不管什么困难，都可以坚强面对。

好好地陪伴孩子、好好地照顾自己，这大概也是Gary Andrews对逝去妻子爱的一种表达吧。

有时候，爱的表达不一定就是朝夕相伴。让对方安心，照顾好自己，又何尝不是一种爱？

03

知乎上关于“被人爱着是一种怎样的体验？”问题的调查，其中有一个高赞回答：

那一年，妈妈欠债出走。我一个人面对房贷和讨债的人。

周末和曾经的男友去看望外婆，谁知我以为始终爱我的她根本不想跟我再有联系。

只记得她说了很多绝情的话，我的眼泪大颗大颗地往下掉。身边的他全程陪着我。

出了家门后，他紧紧地牵着我的手，什么也没说。

我一路流泪……他牵着我来到一个小店，给我买了一条编织的手链，温柔地戴在我手腕上，告诉我一切都会好的。

后来，他小心提出（怕伤我自尊）说他可以帮我解决债务，我拒绝了。但那天公交车上哭累的我，枕着他的肩膀睡了难得的一个安稳觉。

爱人的方式有很多种，很难有一个标准来帮助我们去测评“一个人是否爱我”这件事，但被人真心爱过之后，你或许能有这样的体悟：爱不是占有，也不是每时每刻都能满足我们每一个要求，但会有一个瞬间，你会感到对方将你的感受置于自己之前。

有的人，在一起久了就觉得有没有仪式都无所谓了；有的人，却一直坚持爱情要表达、要有仪式感。

其实这两者没有谁对谁错，重点是要找到那个对的人，和那个对的人在一起。

不要再傻傻地拿一堆条条框框去评估你和对方的感情了，每一个人都有不同的爱的表达方式，只要你能感受到其中的用心，那就是最好的方式。

真正的爱，是在你需要一个苹果的时候，给了你一个苹果，而不是一车西瓜。再多、再大的西瓜，也无法满足你想要苹果的那颗心。

愿每一个人都能被这个世界温柔以待，都能被一个人用心地爱着。

在凉薄的世界里，充满温情地活着

01

还记得那部被众网友嘲讽的电影《爵迹》吗？

我记得当时看完以后，我觉得它像是一抔温暖的雪，照亮了远方孤独的人。

故事发生在奥汀大陆，奥汀大陆的每个国家中都生活着一群以魂力守卫国家的魂术师，而这群人中最杰出的七位叫做王爵。

每一个王爵都会拥有一个使徒。他们是王爵的继承者，拥有和王爵同样形状和位置的爵印，和王爵一样按照魂力有所区别，分为第一到第七使徒。一旦成为王爵的使徒，就必须全力效忠自己的王爵。王爵与使徒的关系，也远远超越了亲情、友情和爱情，甚至可以说他们是一种共生。

故事就是从现任七度使徒麒零的一次偶然遭遇开始的。

麒零是小村里长大的平凡少年，从小生活在客栈做小二，单纯善良，长相俊美。他在一次魂术师的战斗中下意识地收服了传说中的魂兽苍雪之牙。后被七度王爵银尘相救，从此命运发生了翻天覆地的变化，两人形影相随、彼此陪伴、生死与共。

在遇到麒零之前，银尘就像是高山上难以触及的一捧雪，冰冷、孤单、傲慢。他不关心任何人，也不需要别人的关心与陪伴，他将冰雪披戴在肩膀上，成为孤傲的末日王爵。

可在遇到麒零之后，一切都在悄悄发生着改变。

麒零的笨拙、无知、天真让银尘对他不屑一顾，可麒零身上的这种来自人间的烟火气却在不知不觉地融化着银尘冰封已久的内心。所以，在麒零被吸往魂冢下落不明时，一向高贵孤傲的银尘竟低微地下跪求六度使徒幽花去救麒零，他为麒零，赌上了最大的尊严。

在亚特兰的节日庆典那晚，银尘那张冰雪般的脸上，突然如融雪般，露出一个温柔的微笑，仿佛花朵绽放的第一个瞬间，将他的面容带出了一种惊心动魄的美。他温柔地笑着，对麒零说："你可以出去看看。"

"真的吗？"麒零不可思议地问道，他也没有想到一向高冷的银尘会放他出去玩。

银尘没有回答，而是递给麒零一件新衣服，说："这是你的衣服，换上吧。"

麒零睁大眼睛，不敢相信地接过来："我的新衣服？"

那一刻，这个独自长大的孤儿内心里第一次涌现出感动与温暖，以至于后来在永生岛，麒零和天束幽花被众人舍弃，幽花问他何去何从时，他依然坚定地说："去找银尘，他是我的王爵，我是他的使徒，王爵与使徒，永远不分开。"

"这个世界上，除了我的父母，没人对我好，直到我遇到银尘。"麒零在孤岛上抱着膝盖、眼睛里闪着光说。就算全世界的人都告诉他，银尘舍他而去，他还是不会相信，他知道银尘一定有不得已的苦衷。

或许，那晚，银尘送给麒零的不只是一件新衣服，而是自己封存了千百年来的温情与关心。这种关心，照亮了一个少年同样孤单的心，让麒零愿意付出自己全部的信任，甚至是生命，去守护自己的王爵。

在永生岛上对战被鬼山兄妹催眠的魂兽的时候，银尘用盾牌"女神的裙摆"保护了麒零，自己独自去对抗成千上万的魂兽。或许，那时的他还是习惯自己一个人去扛下所有的危险与不安吧。

正当银尘快抵挡不住的时候，一把残损的巨剑替他挡下了魂兽致命的一击。他睁眼一看，居然是自己那个不争气的使徒麒零。

"你来做什么？"他还是斥责了麒零。

"我来保护你啊。"少年温暖地笑着。

这才是王爵与使徒存在的真正意义吧。彼此忠诚地守护着对方，携手抗敌，共度生死。

幸运的是，麒零与银尘选择了保护彼此。

被人信任的感觉是美好的，所以我们才要试着去相信别人、关心别人、保护别人。

你要记住，那些在黑暗中抱紧你的人、在荒原中保护你的人、在数九寒天为你递上一支火把的人，才是让你远离阴霾、促使你一步步更加强大的人。

02

不过，不是每一个使徒都像麒零那么幸运，能遇到一个温情的王爵。二度使徒神音就是不幸者中的一个。她的王爵幽冥自恃魂力强大，不把任何人放在眼里，冷血、残酷、嗜杀……把使徒当成卑微的奴隶。

神音就是在这样的人身边战战兢兢地存活着……没有关心、没有温暖、没有尊严，只是一个低微的奴隶，一个被任意使唤的工具。

在幽冥被白银祭司重伤之后，他召唤神音带自己去魂力最强的黄金湖泊疗伤。幽冥用他那张邪恶的脸靠近神音，用剩下的那只手捏起神音的下巴，把她那张此刻布满恐惧表情的精致面容拉向自己，嘲弄地说：“如果不是我的身体状态如此糟糕，又怎么可能需要卑微的使徒来救我。”

神音内心充满了怨恨，却只能默默接受这一切。这个神族少女的内心，此刻悄悄生起了反抗的念头。她要为自己争取尊严，她要成为新的王爵。

神音的天赋是被动成长，即只有自己承受伤害，才能吸收伤害所带来的力量，所以为了更快地成长，她永远都是伤痕累累的样子。

要么痛苦，要么卑微。为了尊严，她选了前者。为了达到自己的目的，赢得自己的尊严，她变得自私、冷漠、嗜杀，变成了自己所憎恨的人的样子，而这一切，她丝毫没有觉察到。

我们又何尝不像神音，在这个凉薄的世界里摸爬滚打，以致伤痕累累，只为让自己更加强大。所有的坚强都是柔软生的茧，在一次次痛苦的磨砺中，有的人像神音一样忘记了初心，忘记了自己。

神音还是幸运的，因为她遇到了霓虹。

03

霓虹是四度王爵的使徒，一个身体强健、力大无穷、拥有人类形体却没有思维和言语的野人。

霓虹喜欢神音。所以他第一次违抗了四度王爵特雷娅的命令，在追杀神音时留了她一条性命。这个凶残的野人慢慢走近遍体鳞伤、奄奄一息的神音，用粗糙的大手轻轻地、温柔地捧起她惊恐又绝望的脸庞，虽不能言语，却满眼都是“我爱你”。

神音在这个孤独、冷酷的世界里第一次感受到了陪伴与依靠的温情，她再也不是孤单一人了。

后来，神音在魂兽洞穴门口问霓虹：“你愿意和我一起试炼吗？”

霓虹不能言语，依旧用手轻轻地捧起神音的脸庞，仿若往昔，只是这次，他的眼中满满都是“我陪你”。

陪伴是最长情的告白，而守护是最沉默的陪伴。

在霓虹的真情付出下，神音那颗冰冷的心渐渐被融化了。至于他们两个后来如何，电影中没有留下明确的结局，可我觉得故事到这里就够了，让所有的美好停留在这一刻，就够了。

生命是一场孤独的旅程，不论是高贵的王爵银尘、鬼山兄妹，还是低微的使徒麒零、神音，他们都耐住了孤单，扛过了无望，在这冰冷的世界里穿行，最终收获了温暖。

一部电影的意义，就在于它凝聚在细节中的一点一滴的力量，它们仿若春天来临的那一刹那，满山待放的花苞在顷刻间炸开，在观众的心中绽放出朵朵图腾，守护温暖与正义。

愿你我都能在这凉薄的世界里，充满温情地活着。

爱情那么多，可我们就只有一个

01

我怎么也没想到，当我还是个呆若木鸡的大学新生的时候，我的同座徐小玉，这个看上去比我更呆的女同学，已经开始青春萌动了……

那是某个晚自习，我正趴在桌子上为中华之崛起而做题，林大行突然猫着腰从桌子底下钻过来说："哎，你能不能去我座位上坐一下，我和徐小玉想讨论个问题。"

我想着不能耽误人家学习啊，同学之间不就是要相亲相爱吗？

"好吧！"我干脆利落，大手一挥，带着我的《大学英语四级模拟试题》就走了。转身的时候瞥到了徐小玉那张喜不自禁的脸，我心中略有些愤愤不平：哼，有困难为什么不找你同桌？瞧不起谁呢！

那晚，林大行确实和徐小玉讨论了一个问题，无关高考，无关人生，而是懵懂的青春期。

多年以后，当我知道他们就是在那个晚自习结成了深厚的友谊后，只能默默感叹：傻×如我。

徐小玉是个温柔细腻如林黛玉般的妹子，由于高考压力过大，她时常感到烦恼，一腔凄苦无处可诉。

林大行是我班学霸，一个重情重义如梁山好汉般的男子，由于有着和外表不相符的仁慈之心，见不得别人难过，就经常陪徐小玉聊聊天。

两人越聊越熟。

在那个学生不能带手机的年代里，他们只能靠自习课上传纸条来聊天。

在这一来二去传纸条的过程中，徐小玉感受到了人间的温暖，喜欢把自己的喜怒哀乐都讲给林大行听，林大行也乐在其中。

在那个尚不懂爱的年纪，或许这就是爱情最初的样子，没有甜言蜜语，没有海誓山盟，只有说不完的鸡毛蒜皮，诉不完的喜怒哀乐……

一个人说爱你，却不一定是真的爱你；可一个人和你有聊不完的天，虽然爱字没出口，但一定句句都是“我爱你”。

慢慢地，徐小玉发现自己对林大行产生了一种奇怪的感觉，一想到他就有一种难以言说的开心和幸福。上课时间只有四十五分钟，她却像度日如年，时刻都想着什么时候下课。

她不知道自己是怎么了，也不知道该和谁倾诉这些小心思，在看了看那个憨直傻愣正奋力做习题的同桌后，她轻轻地叹了一口气，将自己的思绪仔仔细细地写在了日记里，并将日记本藏在了桌洞的最深处。

那是一个少女的娇羞，是一个不愿与人分享的秘密。

然而，根据“墨菲定律”第四条：如果你担心某种情况发生，那么它就更可能发生。

所以，她的日记本，最终还是被某天偷溜过来找练习册的林大行发现了。

林大行看到徐小玉对自己难以言明的少女心事，倏地红了脸，心中仿佛有一万头雄鹿在瞎蹦跶。

一个外表粗犷的男生居然羞红了脸，十分反常。

下午，林大行偷偷摸摸地拽着基友宝哥来到小操场，表情严肃又饱含深情地叹了口气，说：“宝哥，其实我有一件事想对你说……”

宝哥愣了一下，然后惊恐地护住了胸口，说：“大行，我真的只是把你当兄弟啊……”

大行踹了宝哥一脚说：“你想什么好事呢！”他望着天上飘忽不定的云，慢慢地说了一句，“我好像喜欢了一个人，但我不知道要不要向她表白……”

宝哥也跟着大行抬头望了望那朵云，收起了平时玩世不恭的表情，很正经地说：“我不知道你发生了什么事，不过有一句话我想送给你，人生不是因为你做了什么而后悔，而是因为你没做什么而后悔，所以不管要不要表白，只要不后悔就好了。”

因为宝哥的这一句话，大行决定表白。

那大概是大行这辈子写得最工整的一张纸条了，以至于徐小玉现在跟我说起这些的时候，还仿佛历历在目，她说：“我永远都忘不了那好看的字迹，就像刻上去的一样，当我回到座位的时候，那张纸条就静静地压在我的课本下面，可它却像一把鼓槌，将我的心敲个不停。”上面写着——

徐，我喜欢你，我想问问你，你爱我吗？如果你爱我的话，明天晚上给我回话。我只追你一次，等你。

这纸条就是这么朴实直白的表白，它没有朱生豪的文采，没有徐志摩的热情，没有王小波的幽默，甚至我觉得它都不能称得上是“情书”，可就是这样一张小小的纸条，像一根红线将两人紧紧地系在了一起，从开始，到结束。

原来，你若真的爱一个人，内心的酸甜反而说不出来，甜言蜜语大多是说给不相干的人听的。

徐小玉看到纸条后，惊喜交加心中反倒不知所措起来。那节课，她什么也没听进去，整个人也不知道在想什么，我也只是隐隐记得她对着数学课本傻笑了一节课，郁闷的我也看了看我的数学课本，发现并没有什么好笑的东西啊……

那晚，徐小玉和林大行都陷入了人生中的第一次失眠。

第二天晚自习，徐小玉悄悄地扔给了林大行一个纸团，林大行怀着等待公布成绩般的忐忑心情慢慢地打开纸条，大概是怕结果太刺激，在即将打开的时候，他还是闭上了眼睛，待完全打开后才把眼睛睁开一条小缝，只见上面写着——“好”。

林大行心中那一万头蹦跶的雄鹿顿时狂奔起来……他迫不及待地想和徐小玉靠得近一点儿，再近一点儿……于是就有了开头的那一幕——把作为同桌的我赶走了。

那个时候，iPhone还没有异军突起，诺基亚还占据着市场主流，学校还不让带手机，微信也还没有被开发出来，两个人不能彻夜长谈，就相约每晚叠一个星星，把想说的话写在星星里面。即使后来他们分手，甚至结婚，这个习惯也没有改变。

九年多的时间，三千二百八十五颗星星帮他们记录着这段感情的一点一滴。

真正的爱情不是一时的好感与冲动，而是那份想坚持下去的勇气：我知道遇见你不容易，错过了会很可惜。

02

林大行和徐小玉在一起后，像所有早恋的青涩少年一样，干什么事都得偷偷摸摸的，当然，这也平添了几分刺激感。

有天晚上，林大行在送徐小玉回宿舍的路上，憋了半天，终于问了一个堪称“直男标配”的问题：“那个……嗯……我能牵一下你的手吗？”

明月朗朗，清风习习，一时间，嘈杂的人群都好像被屏蔽了，全世界只剩下他们两个，周围静得只能听见“扑通……”的心跳声。

两人静默良久，徐小玉说：“那……我们就一个手指头、一个手指头地牵吧。”林大行愣了一下，然后迅速用小拇指勾住了徐小玉的小拇指。两个人都没有说话，但稚嫩的脸尚未学会隐藏自己的表情，任由喜悦感溢出脸庞，勾着手指的两只手摇啊摇，像两个快乐的孩子，再也不想分开。

在第五天时，林大行终于牵到了徐小玉完整的右手。那天放学后，他俩偷偷摸摸去了一趟商店，买了人生的第一份爱情信物——一对简单的、小小的戒指。

那时，徐小玉无意中看到一个类似QQ空间流传出来的传说：据说左手的无名指有一根血管直接与心脏相连，当情侣戴上戒指，那就证明对方爱你到心里，甘愿为你的爱而受戒。

两个人颇有仪式感地为彼此戴上了那枚不锈钢戒指。对他们来说，这是对彼此心照不宣的承诺。

“因为当时害怕被老师和家长发现，我还特地找了根红绳把戒指串起来，挂在了脖子上，戒指就贴着我的心脏。”这是后来，林大行亲口跟我说的。

后来在他们分手的时候，徐小玉把这段记忆埋藏了起来，同时也怀着虔诚的态度埋藏了那两枚小小的戒指。

再后来，他们又有了彼此的第二对戒指——结婚戒指。可在徐小玉心里，最最喜欢和放不下的，还是那枚小小的不锈钢戒指。她说可能自己怀念的还是两人最初的模样。

年初，我和徐小玉约在一家甜品店见面，徐小玉照例点了草莓味的奶茶，我揶揄她：“这么多年过去了，不想换换口味？”

徐小玉淡淡地笑笑，说：“习惯了，再也改不了了。”

和林大行在一起后，徐小玉开始喜欢草莓味，草莓味的冰淇淋、草莓味的蛋糕、草莓味的牛奶，甚至连洗面奶都买草莓味的……这一切并不是因为她有强迫症或者爱吃草莓，不过是因为林大行给过她粉红色的幻想，是关于阳台上那株草莓的故事。而她喜欢的也不仅仅是那株草莓，而是那个种草莓的人。

没错，林大行在他们在一起的那天，在教室的阳台上种下了一盆小草莓，就像呵护他们的感情一样每天浇灌，也希望他们的感情能像这盆草莓一样结出可爱的果实。

这盆草莓后来确实结出了三颗小果实，只不过，林大行还没来得及摘下来送给徐小玉，草莓就被别人偷吃了，同时消失的还有他们这份短暂的爱情。

03

“记不记得高三那年某天的钻石厂，记不记得护城河外的敬老院，记不记得我们骑单车走过的街，记不记得宽广的北外环，记不记得那天淅淅沥沥的小雨，还有那样放飞的心情？时光将我们在一起的时光填得那么满，是否已经预料到我们会有一年的空白光阴呢？”

这是徐小玉后来在某颗星星上写下的话。

像许多情侣一样，徐小玉和林大行也没有逃过爱情三个月的魔咒。或许是新鲜感已经过去，也或许是迫于学业的压力，两个人分手了。

徐小玉把林大行写的情书和戒指埋在了玉皇山顶，那是他们曾经一起爬过的山。或许真是应了玉皇山的传说，山上有玉帝的保佑，多年后，他们一起上山寻找这份记忆，它们居然还完好地被埋藏在那里。

分手后的日子过得特别快，转眼大学即将毕业，考研如约而至。林大行考上了山东大学，徐小玉却因发挥失常落榜。

之后的一年，林大行去了济南读书，徐小玉选择了复读，两人平静地过着自己的生活。

林大行说研一的时候，他也曾试图忘掉这段感情开始新的生活，他狠心删了徐小玉的电话号码，可那串数字早已烂熟于心，手机上的可以删掉，心里的却始终删不掉。那串数字他删了存，存了删……无法忘怀，却也没有再敢打扰她的生活。林大行把自己复杂的心情都写在了每天的小星星里，直到现在他还时不时地去看、去想。

有时候，一个人的想念并不一定是刻意的，他只在很多细小的瞬间，忽然想起来，比如一首歌、一部电影、一条马路和无数个闭上眼睛的瞬间。

所有的一切，在徐小玉第二次考研后的那个下午有了一个答案。

林大行重新加上了徐小玉的QQ，两个人询问了一下彼此一年来的生活。聊完后，他一个人坐在操场的角落想了很久，最后决定鼓起勇气，第二次追她。

那天下午，林大行在操场上编辑了一下午的短信，写了删，删了写……最后却只发了一句话："再在一起好不好？我一直等你呢！"

半晌，手机振动起来，林大行看到徐小玉回复了一个字："行。"

林大行有点儿蒙，一个电话打过去问："你说的是啥意思，是在叫我的名字，还是同意了？"

那头的徐小玉早已泣不成声，她哽咽了好久，对着电话吼道："我说行！在一起！再也不分开了，我们再也不分开了……”

“唯有拥有过那些甜，我们才能在觉得苦的时候懂得在一起的珍贵；只有经历过苦，我们才能学会成长，才能在甜的时候更加珍惜彼此……”

这是开头那颗星星上写的话的后半段。

有人说，失去了以后才会知道什么是珍惜，可有时候，不是失去了才会想到珍惜，而是因为珍惜，才不会失去。

那个暑假，林大行回家，徐小玉去火车站接了他，这是两个人时隔一年的第一次见面。没有言情剧中的拥抱、接吻和哭泣，两个人很默契地保持着表面上的平静。只不过在过第一个十字路口的时候，林大行第一次紧紧地攥住了徐小玉的手过了马路。

林大行说这算是他们第一次真正意义上的牵手。

在这世上，我们可以和好多人牵手，可只有一个人，你牵着他的手，从此相约一起看细水长流。

04

暑假很快结束了，两人都来到了济南读书。济南城不大，可从章丘大学城到长清大学城也只有一辆需要坐两个小时的K301，所以他们一个月只能见一次。

为了能够多攒一些钱，多见几次面，每到周末徐小玉就去奶茶店打工，一天能有六十块的工钱。林大行去帮人家卖电动车，一天能赚七十块。两人就这样一点一点地筹集爱情经费，靠自己慢慢地走了过来。

在一起的日子总是过得特别快，寒假到来的时候，他们决定一起去苏州的某家电子工厂打工，并且过了第一个没有与家人团聚的春节。

除夕夜，两个人缩在狭窄寒冷的出租屋里，吃着外卖看春晚，都小心翼翼地避开了“家人”这个话题，可当春晚播放到大家不辞辛苦回家过年的VCR时，林大行再也绷不住了，跑到外面大哭起来，徐小玉也跟着跑了出来，思乡之情难以遏制，两个人在空无一人的街头抱头痛哭。

那年冬天，苏州难得下起了雪，两个人就这样不小心走到了白头。

第二天，他们穷游了上海。除去路费，也剩不多少钱了，两人就在街边的小店买了一些烟花，两个人在阴冷的上海雪地里边放烟花边快乐地跑啊跳啊，像两个不被尘世染指的孩子。

爱是一种陪伴和依赖，我们都想要成为另一个人的孩子。

成为孩子，意味着得到温暖、照顾、关爱和柔情。我们终其一生，都渴望可以得到这些美好的东西，在有需要的时候，就会被哺喂和拥抱。

我们常常说自己比较喜欢独立的另一半，然而假如他独立到完全不需要你，自己就可以制造温暖、乐趣、柔情和食物，那么你们还拿什么来恋爱呢？我们都知道适当的依赖是一种信任和亲昵的表现。

所以人们常感叹，爱情可以使人年轻，其实就是因为我们找到了一个可以让自己变回孩子的人。

直到今天，徐小玉和林大行说起那个冬天、那年上海，依然历历在目。在林大行生日的时候，徐小玉熬了三天三夜，给他做了一份奇丑无比的PPT文件，上面贴满了那个冬天他们一起拍的朴实无“p”图的照片。

后来，徐小玉把那份PPT传给了我，问我怎么样，可不可以贴到文章里展示一下她的贤惠。正在加班忙着做PPT的我非常冷酷无情：“谁要送我PPT，我就把谁拉黑；谁要送我这么辣眼睛的PPT，我就和谁老死不相往来，连漂流瓶都联系不到的那种。”

关于那份惊世骇俗的PPT的具体内容，我已经记不太清了，有一句话却始终萦绕在脑海里。徐小玉在一张他们的牵手照下写道：“2012年5月4日到2013年5月23日，是我们在一起最完整的一年，我们在一起多少天，我通通没有概念，我唯一记得的是我们现在还在一起，一直要到最遥远的将来。岁月容颜总是在变，不变的是两颗相互依偎的心。哭过、笑过、悲伤过、绝望过，却从来没有真正地放弃过。你在，我在。执子之手，与子偕老。”

05

学生时光一晃而过，林大行比徐小玉早一年毕业了，两人商量过后决定回家乡工作，这样既可以陪伴父母，又可以早日过上稳定的生活。

林大行历经“九九八十一难”，最终成功拿到了某银行的Offer，只不过要先到下面的分行去实习一年。而徐小玉则忙着准备毕业答辩。

由于生活上的一地鸡毛，这一年两个人联系得比较少，只能偶尔通过电话和QQ问候一下彼此，相互鼓励一下。中间有哭过、闹过、短暂分手过，但一切矛盾在两人见面的那一刻通通都化为了过眼云烟。

在这短暂的相聚时间里，他们去拍了人生中第一张大头贴，分别之际，两人各拿了几张匆匆塞到钱包里，又回到各自的生活琐碎中，踏上了新的征程。

第二年，徐小玉也毕业回到了家乡，但没有找到合适的工作，考公务员也失败了。刚毕业的迷茫、找工作的失败以及初入社会的阵痛让她苦不堪言，整日以泪洗面。

在她最无助、最需要安慰，甚至是家人都不能理解的时候，陪在她身边的，是林大行。

林大行一边安慰她，一边发动同学朋友，帮她找到了一所私立中学班主任的工作。这工作虽然累点儿，但也算是保证了她经济上的独立。可徐小玉还是想找一份正式稳定的工作，就一边工作一边默默地准备第二年的公务员考试。

林大行看她在学校里吃不好，睡不好，脸色蜡黄，日渐消瘦，就果断让她辞职，专心备考。他帮徐小玉租到了一个比较适合学习的安静的房子，为了让她专心备考，只是偶尔给她打个电话安慰鼓励一下，并放言说等考试之后再见面。

后来，林大行跟我说，那段时间，其实他每天下班后，都会去徐小玉的楼下待一会儿再走，甚至有几次想冲上楼去看看她，给她一个拥抱，可最终他都忍住了，他相信为了两个人的未来，徐小玉不会让他失望，而此时，他能做到的，就是不打扰。

即使后来徐小玉感慨生命中最重要和最难熬的时光，都是林大行陪在她身边，但这件小事，徐小玉至今还不知道。

如果说陪伴是最长情的告白，或许守护就是最沉默的陪伴吧。

经过三个月的卧薪尝胆，徐小玉以笔试面试第一名的成绩顺利考上了公务员，结果出来的那天，两个人抱在一起哭了好久。

工作稳定下来以后，双方的家长就开始催促他们结婚了。

当感情与现实相撞的时候，总会变得不那么美妙。

刚刚工作两年的林大行用存款买了辆小车后，就再也拿不出积蓄买房了，双方的家庭条件也十分有限，帮不了什么忙。两个人为此吵闹过很多次，每次争吵之后的结果都是坐下来心平气和地商量该怎么办，那段时间他们将“相爱相杀”这个词演绎得淋漓尽致。

借钱贷款买了套小房子之后，装修又成了一大难题。为了节约成本，他们决定撸起袖子自己干。从装修风格、选材用料到最后的开工，整个装修过程都是两个人一起商量，亲力亲为。白天林大行上班签完到，看到行长一走，就在同事的掩护下溜去装修。

他们白天装修，晚上就开始选婚纱，选婚庆公司……准备各种琐事，但不管多忙多累，他们都没有忘记每天该叠的那颗星星。

装修完后，两人又抱在一起哭了，相互安慰着："我们终于有了属于自己的家……"

林大行跟我说，其实直到结婚的前几天，两人都还一点儿感觉都没有，结婚那天走在接徐小玉的路上，他也没有太大的感觉，直到见到等他的徐小玉的那一刻，心里所有的感情都涌上来了，九年的感情、九年的不易、九年的点点滴滴一起涌上了心头。他又哭了，不由自主地哭了。包括现在跟我说起这些的时候，他的眼里还是涌满了眼泪，让我也跟着感动起来。

或许他们的婚礼不是最盛大的，但一定是最深情、最真实、最难忘的。

林大行说："就这样结束了爱情，也许对我们来说，这就是最圆满的结局了。我们很高兴也很乐意请你帮我们记录下来，特殊的礼物必须由特殊的人来完成，剩下的就拜托你了。"

我说："好。"

跟他们聊完，我合上笔记本走在深秋的小路上，耳畔萦绕的是他们婚礼上放的那首《想把我唱给你听》，或许这首歌就是对他们的爱情最好的概括了吧。

该给这个故事起个怎样的题目呢？

我边走边想，忽然想起了请柬上徐小玉写的一句话：

我们的爱情很平凡，可爱情那么多，我们的爱情只有一个。

那就它吧。

稳定的感情，
源自微小的感动

01

得知梦瑶和北川结婚的消息时我一点儿也不吃惊，因为早在大一的时候，我已经预见性地在内心笃定，他们一定会在一起。

梦瑶是我的大学室友，娇小甜美，很有萝莉气质，我承认我在看她第一眼的时候就在想象她穿上日系复古洛丽塔小洋裙的样子了，虽然这一点我从来没敢告诉过她。

梦瑶虽然外形走萝莉幼齿风，实际上却是一个很成熟贤惠的人，不然她怎么可能在学生时代就看准了北川这么好的男朋友呢？

梦瑶和北川是初中同学，两人在新生报到的第一天就彼此产生了好感。

梦瑶虽然娇小瘦弱，饭量却不小，爱吃，也能吃。

那时候，中学的食堂远没有现在这么贴心，食堂大妈的功力也没达到现在的境界，什么“番茄炒月饼”“蓝瘦香菇”之类的神菜是绝对不会有的，每天都是一成不变的状如薯条的清炒土豆“丝”和猪肉炖粉条。这是万万不对梦瑶的路子的，她喜欢酸的辣的、荤的腥的。

细心的北川看到梦瑶每到午餐的时间就“伊人独憔悴”，很是心疼，他捏紧了口袋里那仅有的零用钱，心一横，一把牵住梦瑶的手，说：“走，哥带你吃好吃的去！”

于是，小吃街上出现了186cm的高大汉子牵着一个153cm的娇小姑娘的奇异组合，引来了周围人的频频围观。

当时所谓的“好吃的”也不过是去学校门口附近的一条小吃街，那里充斥着麻辣烫、米线、牛肉面等小吃，当时吃一份黄焖鸡都觉得奢侈，更别提肯德基、麦当劳了，它俩在当时的地位不亚于现在的星巴克。

所以，他俩第一次约会就是在一家知名的全国连锁店——杨国福麻辣烫。两人一人一碗，梦瑶碗里全是各种丸子，北川碗里全是各种青菜，两人就在麻辣烫的热气中相视而笑，默契地确立了纯洁的男女关系。

周杰伦说初恋的味道是夏天的感觉，而梦瑶和北川的恋爱，则充斥着麻辣烫独有的香味。

02

在一起以后，正如所有青春校园爱情故事都会出现的情节一样，北川每天都会为梦瑶带爱心早餐。

冬天的大东北，最低气温零下三四十摄氏度，为了给梦瑶买早餐，北川可以独自在寒冷的天气里走很多条街，一只手拿着早餐，一只手还要骑车子，只为了她说句“真热乎，好吃”。

你永远也想不到一个十分怕冷的人有多畏惧严寒，北川每天在楼下寒风中等待，将早餐放入怀里，怕凉。送完了早餐，回到家里，家人还在熟睡，而他的手已经冻得通红。

有一次，北川起晚了，睁开眼穿上衣服就往门外跑，由于他骑车比较急，道路又滑，在一个转弯处侧滑了，沉重的自行车整个压在北川身上，他的左脚别在了脚蹬子上拔不出来，手套和裤子也擦破了，可他当时哪顾得上这么多，一心只想着再不送过去，梦瑶就要迟到了，他眼前甚至浮现了梦瑶站在门口翘首以盼的娇小身影。今天这么冷，她该等急了吧？她等了多久了，会不会感冒啊？

想到这里，北川一骨碌爬起来，顾不得拍身上的雪，也顾不得那只扭伤的左脚，骑上车子继续往早点摊奔去。

当他气喘吁吁地来到梦瑶家门口的时候，发现梦瑶手里捧着一个保温杯，在门口左顾右盼，看到他出现，眼里顿时发出光，老远就欣喜地朝他招手。

“等急了吧，饿了吗？冷吗？我今天起晚了，唉……”北川下了车子，拎着早餐送到梦瑶手上，简直堪比现在外卖小哥的贴心，还是五分好评的那种。

梦瑶咯咯地笑着说："我等了半天你还没来，以为你出什么事了呢，吓死我了。哪，你也还没吃早饭吧，这是我昨晚自己做的豆浆，你趁热喝了吧。"说着，将那个粉色的保温杯塞到北川手里。

后来，北川说，以前，他是很讨厌喝豆浆的，可从那以后，他喜欢上了豆浆，每当伤心、孤独、疲倦的时候，都会喝上一杯热豆浆，因为把热豆浆捧在手里的感觉，和牵着梦瑶的感觉是一样的，那暖意，从手掌传到心里，帮他度过了后来的风风雨雨。

也是后来，梦瑶才知道，由于那次的事故，北川的左脚每到阴雨天的时候，就会隐隐作痛，基本上告别了他曾经最爱的足球。

03

两人的感情稳定地维持到高中毕业，梦瑶考上了大学，而北川高考落榜，他决定在家乡工作。两个人不得不面临一个很现实的问题：是忍受没有尽头的异地恋，还是就此别过，开始新的生活?

一天，梦瑶说想跟北川见面。北川想起了梦瑶前段时间提到想尝尝他家附近新开的奶茶店里的蜂蜜柚子茶，就想顺道带给她。

烈日炎炎的天气，为了给梦瑶买一杯蜂蜜柚子茶，北川在奶茶店排了一个多小时的队，然后兴冲冲地去找梦瑶，没想到等来的却是梦瑶提出分手的消息。

三十多摄氏度的天气，北川只觉得浑身冰冷，他问梦瑶为什么，梦瑶说未来太不确定了，她害怕。

北川没来由地冒出一股怒火，将手里的柚子茶重重地摔到地上，吼道：“你是不是嫌我没考上大学给你丢人了？你是不是觉得我配不上你了？是不是想到大学里找个更好的？行，我成全你！”

那天他们吵架吵得很凶。梦瑶回去哭了一夜，其实她只是想让北川安心工作，不再挂念远在外地的自己，他怎么能这么想自己？

可有时候，爱情就是这样，因为喜欢，所以误会；因为误会，所以错过；因为错过，所以更加珍惜。

04

大学的第一个圣诞节，我们几个第一次离家在外求学的姑娘，围着桌子，托着腮，愁眉苦脸地坐着。

我说：“我想吃我妈做的糖醋排骨了……”

佳佳说：“我想吃我家那边的海鲜……”

橙子说：“我想吃我爸包的饺子……”

只有梦瑶一言不发，目光涣散，不知道在想着什么。

我拍了她一下，说："怎么到你这就断片儿了啊，想什么呢？"

"去年圣诞节，他为了买我喜欢吃的炸鸡，零下三十多摄氏度，自己没吃饭，在那排队一个多小时，给我送过来，又去办别的事，忙得自己一天没吃上饭，如果吵架的时候能多想想这些好，是不是我们就不会分手？"梦瑶出神地说。

我们顿时都沉默了，不一会儿，佳佳打破沉寂，说出了我们的想法："我想吃炸鸡……"

"炸鸡啊！我也想吃炸鸡！"

"我也是！炸鸡啊！"

那个圣诞节的傍晚，几个姑娘喊着"炸鸡"抱头痛哭，丝毫不管寝室门外那些错愕的路人甲。

突然，梦瑶的手机响了起来，她擦擦泪，用很正常很标准的声音问："喂，您好，请问哪位？"

不知道电话那头说了什么，梦瑶的表情一下子严肃起来，她没有回应，然后站起来夺门而去。

留下我们几个面面相觑。

"她一定是自己去吃炸鸡了。"佳佳喃喃道。

我和橙子默默地点点头。

过了十几分钟，梦瑶拎着两个保温桶上来，说："来，请你们吃好吃的！"

我们三个一拥而上，打开盖子，简直惊呆！里面有糖醋排骨、扇贝、炸鸡，还有饺子！关键还是热的！

这下我们彻底蒙了，我掏了掏梦瑶衣服前面的口袋说：“行啊，姑娘，原来你是隐藏在地球上的哆啦A梦啊！”

而佳佳和橙子则直接跪下：“谢谢老板！谢谢白富美！”然后开始轮流跪拜。

梦瑶笑笑说：“你们别谢我，要谢就谢我对象吧，是他送过来的。”

原来，北川今天早早起来做了糖醋排骨、扇贝，还亲自包了饺子，又排队去买了梦瑶最爱吃的炸鸡，放在两个保温桶里，裹得严严实实，特地跟公司请了假，坐了六个小时的火车赶来送给梦瑶的。因为一直把东西放腿上，下车的时候他的腿已经没什么知觉了。他做这些，只为她能在一个人的外地吃到家乡的味道。

那个圣诞节，他们复合了。而由于北川冥冥之中神准地也满足了我们几个的饮食欲望，所以我们成功被收买，开始一边倒地支持着他们的爱情。

我曾经问北川：“是什么样的意念让你这样做？”

他说：“我觉得青春就是这样义无反顾，一往情深，因为给自己喜欢的人送吃的是一件很幸福的事。”

05

大学毕业的那年，梦瑶和北川结婚了。收到请柬的那天，我一点儿也不意外，因为早在大一的那个圣诞节，我就已经预见性地在内心笃定，他们一定会在一起。

现在，梦瑶辞掉了工作，两个人一起经营着一家餐厅。餐厅店面不大，却被布置得很温馨，没有川流不息的食客，却也能称得上高朋满座。

你是我爱的人，多希望能够跟你分享这世上所有的美食。好吃的，总想给你留一份，而且是最好和最大的一份。可有时候，你却不在身边。

夏天没法给你送去冰激凌，冬天又怕饭菜凉了，于是紧紧抱在怀里，用双手、肚子和围巾拼命把菜暖着。换了几次车，走了几十公里的路，唯一担心的是菜凉了，变得没原本那么好吃。送到你面前的那一刻，看到你惊喜和感动的目光，看着你吃得有滋有味，我竟觉得比你更幸福。

人间烟火，饮食男女，所谓爱情，也不过就是这些微小的感动，无论两个人后来有没有在一起，当有一天我们老了，回头再看，那一刻，我们也会明白爱情，也终究品味过爱情。

相信爱情的人，迟早会和爱情相遇

01

安粒是一个风一样的女子，而且是龙卷风的那种。她想法多，行动快，一生放荡不羁爱自由，别人划船全靠桨，她的小船全靠浪。

大学时，她告诉我她想下江南，我说“你牛啊”。然后她下午就踏上了南下的火车，半个月之后回来了，塞给我一串巨大的葫芦说是替她点名的报酬。

毕业后，她说她想去做汉语志愿者，我说“你牛啊”。然后她第二天就参加了汉语志愿者选拔考试，后来一去菲律宾就是一年。

上个月，安粒带着一身标准的东南亚肤色回来了，并约我在

“漫咖啡”见面。

“在国外这一年我的生活挺丰富的，可总感觉缺点儿什么。”安粒边说边朝咖啡里放了颗方糖。

“或许你该谈个恋爱，调节一下生活。”

“其实，在国外我最大的感悟就是爱情就像咖啡中的方糖，你放不放都可以，没多大用处。女人只要有了钱和工作，真的不需要男朋友。我什么都会，多加个人来和我争氧气吗？”安粒使劲儿搅拌着那杯加糖的咖啡。

我端起杯子，将安粒的话和咖啡一同喝进嘴里，觉得爱情这事确实和安粒这种飓风女子没什么关系。

“那你回国后准备做什么？”我问。

“我已经报名去后海的一家酒吧做义工了，以后可以去那里找我。”

我点点头，觉得这才符合安粒“生当作人杰，死亦为鬼雄”的性格。

02

“西风，忘了告诉你，我恋爱了，我们是在酒吧做义工时认识的。”

一个月后，我收到了安粒一条这样的短信，吓得我以为她手机被人偷了，反反复复确认了好多遍，最后才肯定真的是安粒发过来的。

“女人真是善变。”我回复。

安粒在酒吧做义工后，每天早晨五点上班，凌晨两点下班，做着调酒、擦杯子、打扫卫生、欣赏各种男神女神的高格调工作。

某天凌晨，她正打着哈欠擦酒杯的时候，一只修长的手伸过来：“我帮你擦吧。”安粒抬头瞄了一眼，哦，是一起招进来做义工的乔沙。

乔沙比安粒大几岁，是一条卖相不错、身材尚佳的东北汉子，酷爱旅行和摄影，能拨吉他也会弹棉花，还调得一手好酒。上至酒吧老板娘，下到门口一条狗，店内各种雌性动物没有不喜欢他的。唯独自诩见过世面的安粒对他不屑一顾，并给他贴上了“臭显摆”的标签。

“听说你以前也去过菲律宾？”乔沙边替安粒擦着酒杯边问。

“什么叫‘也’？”安粒吹胡子瞪眼。

“‘也’是副词，表示‘同样’的意思，就是说我也去过菲律宾。”乔沙不愠不火。

安粒这才睁开迷离的双眼，重新审视着眼前这位“臭显摆”。那一晚，他们聊了很久，从诗词歌赋到人生哲学，从尼泊尔的山到俄罗斯的雪。

苏菲·玛索说：“爱是一颗心遇到另一颗心，而不是一张脸遇上另一张脸。”而安粒觉得好像遇到了另一个自己，一个完完整整的自己。

从那之后，安粒发现自己需要做的事情越来越少了：桌子，有乔沙去擦；调酒，有乔沙去配；背景乐，有乔沙去换……乔沙任性地承包了安粒所有的工作。于是，安粒每天的工作就只剩下了一项——专注欣赏男神女神，偶尔看看乔沙。

03

有一天，乔沙神秘地说："你伸开手，我给你一样东西。"

"什么啊？搞得这么神秘。"安粒满腹狐疑地伸出一只手。

乔沙将一只攥紧的拳头放到安粒手中，却迟迟不肯松开。

"是什么啊？不会是虫子吧！"安粒嗷的一声将手缩回来。

"别啊，你伸出来啊！"

"什么啊？你有病吧！"安粒嘴上说着不要，身体却很诚实地将手又伸出去。

"你看，我已经把我给你了啊。"

安粒仿佛被雷劈了，心跳停了三秒，又加快了三秒。

他们就这样在一起了。

04

乔沙先生是一个洁身自好的人。

他们的酒吧的WiFi密码是"I Love You"，所以，每当有顾客询问时，酒保或者义工都是一脸暧昧地将这句话说出来。可乔沙是个例外，他总将墙上的文字版密码指给顾客，或者让旁边的酒保告诉顾客，而他自己从来不会轻易地说这句话，除了对安粒。

乔沙先生也是一个很尽职尽责的人。

安粒喜欢山茶花，乔沙就冒着炎炎烈日，跑遍北京各大花鸟市场，给她买来了一盆“白芙蓉”。

有了这样的乔沙先生，安粒觉得很安心，她发现自己的生活正悄然发生变化。

以前她计步器上的数字从来不会超过三位数，现在每天和乔先生一起散步，数字就没下来过一万步；

以前她每晚下了班就冲回家睡觉，现在下了班想要和乔先生一起去看凌晨三四点钟的天安门；

以前她张口说的不是话，是污，现在张不张口都是一脸娇羞；

……

安粒小姐在我心中再也不是那个鲁智深一般的女子了，她彻彻底底地变成了一位女娇娥。

05

可，生活总是在你不经意的时候送你一个猝不及防，就像朋友圈里的“点开全文”一样。

在两个人正你侬我侬的时候，安粒小姐得到了一个去韩国工作一年的机会。她迟疑了很久，答应了这个机会。

当她小心翼翼颤颤巍巍地将这个决定告诉乔沙时，乔沙沉默了十秒，最后说了一句："好，我等你。"

第二天，乔沙送给安粒一盆山茶花，说这盆花的花期是一年，等明年花开的时候，安粒就回来了。

在安粒搭乘的飞机起飞前，乔沙给她发了这样一句话："其实我想陪你走过很长很长的岁月，直到化成你眼角的一道皱纹。"

有的人说，刚在一起就分开的爱情注定要以悲剧收场，可我觉得在最甜蜜的时候分开，反而是一件好事情。因为这时候的爱情没有争吵，没有隔阂，没有间隙，有的只是彼此最美好的印象。我们将这份感动存储起来，当回忆往事的时候，想起的也都是开心的时光，这才是最长久的保鲜期。

如果你问我怎么看待安粒与乔沙这段感情，我会说：其实，我也不知道，我只知道山茶花的花语是——理想的爱情。

有遗憾，
才值得纪念

01

7月，北京，东来顺。

我和坦坦面对面坐着，中间隔了一大锅麻辣蹄花铜锅。

透过氤氲的热气，我静静地看着坦坦将一大勺火锅汤盛进碗里，然后吸溜吸溜地喝着，然后鼻涕眼泪流一脸。

“说吧，你和阿桦为什么分手了？”我拨了拨挡在眼前的热气，想更加清楚地记录下这朵奇葩的野蛮行径。

“喀喀喀……其实也没什么，就是，毕业就分手了呗……哎，这汤可真够味，辣得我眼泪都流嘴里了……”坦坦被火锅汤呛得一边咳嗽一边用手胡乱抹着脸上的不明液体。

“那不是眼泪，是你的鼻涕。”我递给了坦坦一沓纸巾。她喝火锅汤已经够奇葩的了，还把鼻涕当眼泪。此刻我真想跟周围投来异样眼神的顾客说一声“不好意思，我走错桌位了”，然后淡定地离开。

可，我知道我不能走，因为眼前这位不顾脸面一边哭一边抱怨“汤太热”的姑娘已经掏不起这顿火锅的银子了。如果她因为吃霸王餐而被拎到局子里关禁闭，三更半夜去把她捞出来的人还是我，我不想给自己找麻烦。

02

坦坦的真名其实不叫坦坦，之所以有了这么个称号，完全沾了她那一马平川的A Cup 的光——十分平坦。可坦坦不以为然，她说这个“坦”是“坦克”的“坦”，说明她可以像坦克一样坚强，进可攻，退可守。

我们不明白“坦克”的“坦”和“平坦”的“坦”差在哪里，于是也就不在意她的强行解释了，反正我们叫着开心、她听着舒心就好。

坦坦喜欢民谣，刚进大学就加入了吉他社团，在这里，她遇到了那个后来给了她爱、也给了她痛的人。

阿桦的全名叫白子桦。可他的样子却很难让人联想到霍建华饰演的那个仙袂飘飘的长留上仙白子画。阿桦是四川人，从小在人杰地灵的地方生长，被辣椒水泡出了一身“辣妹子”般白皙的皮肤，再加上高瘦的体形，还真像一棵挺直溜儿的白桦树。

在我的意识里，搞音乐的人多多少少都会自带一种艺术家的气质，阿桦也不例外，他留了一头狂放不羁的、差不多到肩膀的长发，平时喜欢在头顶扎成一个小辫子，再配上一副细边框的黑边眼镜，颇有些日系和风的意味。后来，坦坦曾神秘地告诉我，她第一眼看见阿桦的小辫子的时候，就被那迷人的气质给征服了——妈呀，艺术家！活的！

当然，他们真正在一起是在元旦晚会合作了一首《同桌的你》之后。

宽敞的舞台上，四周的灯光昏暗下来，仅有的两束聚光灯打在他们身上。坦坦一袭白色连衣裙，像一朵含苞待放的百合花，她闭着眼睛，静静地等阿桦拨出第一个音符。

全场屏息凝神，一片安静，六弦琴在阿桦修长手指的拨弄下渐渐发出缓慢而悠扬的声音，坦坦随之轻启丹唇："明天你是否会想起，昨天你写的日记，明天你是否还惦记，曾经最爱哭的你……"

阿桦的琴声婉转悠扬，坦坦的歌声清澈嘹亮，偌大的会场除了他们天衣无缝的合作外找不到半点儿杂音，每个人都沉醉在自己的回忆里。恍惚间，坦坦和阿桦竟也觉得彼此就是青春里的那个"同桌"。

晚会结束后，阿桦拉住坦坦，说想送给她一个字，让她把手伸出来。坦坦直接把手塞到了阿桦手里，感受着阿桦留在她掌心的一笔一画。字还没有写完，坦坦就猜出来了，是一个"您"

字——你，在我心上。

坦坦大笑着把手从阿桦手里抽出来，朝他背上拍了一巴掌，说："大家都是成年人了，还玩什么小孩子家家的文字游戏。"说完，就吧唧在阿桦脸上印下了一个浅粉色的唇印。

他们就这样在一起了。

03

学生时期的爱情往往都比较尴尬，因为大家没有什么钱，玩不了浪漫，偶尔"浪"一把，还常常需要付出"吃土"一个月的惨痛代价。

坦坦和阿桦也是如此，仅有的一点儿结余也都用在维护琴具上了，所以他俩的约会不是像正常情侣一样吃饭、逛街、看电影，而是要么在琴房里你唱我和，要么在小树林里你弹我唱。你可以说这是情怀，可他们自己知道，其实就是穷。

有一次，阿桦省吃俭用偷藏了一百块的私房钱，想请坦坦开开荤。可一百块钱能吃什么呢？太高端的地方，钱不够；太低端的地方，没诚意。这时，他偶然看到了肯德基搞活动，二十块钱的优惠券可以当二十五元的现金使用。

阿桦掐指一算，觉得十分合适，就用一百块全都买了优惠券，一共五张。

这样就能吃一百二十五元的东西了吧？阿桦如意算盘打得啪啪响。

他拉着坦坦神神秘秘又难掩兴奋地冲到肯德基将五张优惠券往桌上一拍，满脸骄傲地让坦坦随意点。然而阿桦的骄傲在三秒钟之后止于服务员面带微笑的一句“对不起先生，本店的优惠券一次只能用一张，不能够叠加使用”。

弄清楚是什么状况后的坦坦笑弯了腰，她大手一挥，收起了其余四张优惠券，点了一份最便宜的双人套餐，说：“没关系，接下来我们还能连吃四天呢，天天都有新感觉！”

从那以后，坦坦拒绝了麦当劳，拒绝了德克士，也拒绝了必胜客，快餐里她只吃肯德基。而且不管肯大叔怎么变着花样出新品，坦坦都不为所动，她永远只点一份最便宜的双人餐，哪怕后来她成了一个人。

04

有次学校里举办活动，坦坦担任主持人。导演要求女主持人一律穿高跟鞋，可坦坦作为一只民谣妹，从来都是帆布鞋加身，哪会有高跟鞋这种神器？她就拉着阿桦一起去市中心买鞋。

两个人遛遍了各个大小商场品牌专卖店，都没找到一双合适的，不是太贵买不起，就是样式不喜欢。他们就跟俩傻子似的乐呵呵地逛了一天，一无所获，最后决定用买鞋的钱去吃火锅。

阿桦是四川人，能吃辣也爱吃辣，对火锅更是情有独钟。坦坦在遇到阿桦以前只吃清汤锅，但与阿桦在一起之后，连鸳鸯锅都省了，直接跟着他吃麻辣锅。坦坦说这叫爱屋及乌，如果两个人连吃都吃不到一起去，那还谈什么爱呢?

坦坦喜欢和阿桦一起吃火锅。因为每次吃火锅的时候，总是阿桦一个人忙前忙后，调好蘸料，把菜煮好，然后夹到坦坦的碗里，等坦坦吃到嘴里以后才开始为自己忙活。

每当这时，坦坦总会托着腮帮子看阿桦有条不紊地收拾着眼前的一切，常常忘记嘴部的咀嚼运动。当第一次看到阿桦将火锅汤盛入碗中，然后开始慢慢品尝时，她激动地尖叫起来："啊!你是想死了吗?不知道这样容易得……咯咯……食，食……"结果她忘了嘴里还有没下咽的东西，"食道癌"三个字还没说出口，自己差点儿被呛死。

阿桦一边拍打着坦坦的背，一边帮她擦去嘴角的食物残渣，说："火锅的精华全在汤底，所以吃火锅最重要的是汤，而且不喝温度过高的汤底的话，根本不会得什么食道癌，你可以尝尝啊。"说罢，阿桦也帮坦坦盛了一碗汤，并小心地为她吹凉。

坦坦将信将疑地接过碗，抿了一小口，觉得……哎，别说，还真不错啊!她从此打开了新世界的大门，立志喝遍天下的火锅汤。

当坦坦给我说起这一段的时候，我觉得她一定是脑残了，爱屋及乌的力量真可怕。

05

品尝到了火锅汤的美味之后，坦坦常常买火锅料自己煮。她煮的火锅没有肉，没有丸子，连个菜叶都没有，汤煮好以后，往里放一袋面，传说中的“坦式火锅”就做好了。

她和阿桦经常对着脑袋一边满足地吃着“坦式火锅”，一边畅想着美好的未来：“等以后我们有钱了，一定要喝到所有口味的火锅汤！”

可，他们没有想到的是，等真的赚钱的时候，那个当初许诺一起花钱的人却不在了。

临近毕业季，好多情侣因为前程问题各奔东西，作鸟兽散，坦坦和阿桦也不例外。

阿桦一心想投身到音乐事业的滚滚洪流之中，毕业后不打算直接找工作，而是想和朋友先做一段时间的流浪歌手，去结识更多志同道合的人，一起去打华语乐坛的另一半儿江山。而坦坦呢，则想先找份比较稳定的工作，等有了经济基础之后，再去搞音乐梦。

阿桦觉得青春不等人，怕一旦工作了，自己的音乐梦也将就此搁置，不如趁年轻去放手一搏。他想让坦坦跟着他一起去追梦，可坦坦的家人死活不同意，坦坦拗不过家里，想让阿桦留下来和自己一起先工作。

然而阿桦还是走了。在一个风和日丽的下午，扎着他傲娇的小辫子，背着他的吉他，去了南方。

坦坦本来不想去送他，怕忍受不了离别的场面自己一冲动跟他去流浪，但犹豫再三，还是去了。离别只有一次，错过了真的会抱憾终身。

临行前，坦坦朝阿桦的背包里塞了几袋火锅底料，叮嘱他：如果饿了，记得给自己煮碗面；以后每次吃火锅，都要想起她；要记得他们一起喝遍天下火锅汤的诺言……

坦坦吧啦吧啦地说了一堆，说到泣不成声，说到火车鸣笛。

最后，阿桦放开了在自己怀里哭成了泪人的坦坦，将她推下火车，说："好好照顾自己。"

"好好照顾自己"真是这世上最不负责任的情话，看似是在关心你，其实是在撇干净与自己的关系——你自己管好自己吧，我照顾不了你了，你的死活都要自己负责，与我无关。

但坦坦还是傻傻地信了，相信阿桦一直关心着自己——那个愿意陪他一起喝火锅汤的女孩。

06

坦坦在入职前来了一趟北京，她说，听说北京的铜锅火锅特别正宗，想来喝口汤。于是，就出现了故事开头的一幕。

"你不恨他吗？不讨厌他的自私吗？"我看着坦坦那失魂落魄的样子，不由得一阵心疼。

"我为什么要恨他啊，每个人都有追求自己梦想的权利，只不过他的梦想不是我罢了。"坦坦将鼻涕和眼泪都擦好，吸了吸鼻子，拖着哭腔说，"其实，我还要感谢他，感谢他能陪伴我走过人生最美好的年华，感谢他能带给我这么多美好的回忆，还得谢谢他让我知道了火锅除了吃以外，还能喝汤……咝——不过，这汤可真烫啊！”

坦坦大概真的是被汤烫到了吧，不然她怎么会说不出话来了呢？她的眼泪怎么又会吧嗒吧嗒地掉到碗里呢？哎呀，这姑娘，不能喝还偏要喝，要喝也不叫我陪她喝。

于是我也盛了碗火锅汤，陪着她干了一碗。

或许我始终不会爱上喝这种奇怪的东西，但我觉得，很多很多年以后，我依然会记得这个爱喝火锅汤的女孩，和她那段如火锅般沸沸扬扬但终未煮熟的爱情。

青春时期的爱情，鲜有圆满的结局，彼此都没有对错，只是人生的路太长，我们还需要成长的地方太多。

张爱玲写过：“我以为爱情可以填满人生的遗憾，然而，制造更多遗憾的，偏偏是爱情本身。”

但换一个角度想，或许也只有那些遗憾和不完美，才值得在回味过去时会心一笑吧。

年轻的爱情不可怕，脆弱的爱情不可惜，真正值得被珍惜的，是全身心投入去爱一个人的、勇敢的你呀。

PART 5
找到属于自己的“高级感”

YOUR LIFE
WITH A HIGH TASTE
Tasty life

每一次成长，
都是一起凶杀案

豆瓣评分高达8.5的电影《狗十三》，在尘封五年之后终于在2018年上映了。

“狗”指的是一条名叫“爱因斯坦”的狗，“十三”指的是影片的主人公，十三岁的少女李玩。

影片以女孩和狗为主线，串联起不同年代的几个关键人物，以多角度呈现了中国家庭的“真实”模样，展现了孩子一步步走向残酷成人世界的阵痛。

《狗十三》的宣传海报上写着：每一场成长都是一场凶杀案。

而李玩的这场“成长凶杀案”，是由四个谎言组成的。

李玩是个喜欢天体物理的女孩，刚上初中的她，因为偏科比较严重，在老师的建议下，李玩父亲擅自把她报的天文小组改成了英语小组，还理直气壮地说："我是为了你好，你长大后就明白了。"

因为这件事，李玩和父亲产生了矛盾。

为了安抚生气的李玩，父亲送给她一只小狗。

起初，李玩还因为这是父亲送来的狗而对它爱搭不理，后来小狗的可爱渐渐俘获了李玩的心，热爱物理学的她给小狗起名叫"爱因斯坦"，每天和它形影不离。

父女之间的矛盾，也因为爱因斯坦的到来而渐渐化解。

好景不长，李玩爷爷不慎把小狗弄丢了。为了安抚李玩，家人买了一只和爱因斯坦长相类似的狗给她，骗她说狗找到了。这是李玩"成人礼"中的第一个谎言。

但是李玩并不领情，她用自己的方式去找爱因斯坦，因此搞得全家不得安宁。家人的耐心也慢慢地被耗尽，最终父亲为此打了李玩，责骂她"你就知道你自己"，用暴力终结了李玩的"任性"。

无助、哭喊、暴力，最终化为无声的沉默，让她的青春渐渐变得暗淡。

或许，这个情节就像曹保平导演谈及创作初衷时提到的："没人注意到我们是在什么时候突然长大，但那一天的到来其实很残酷的，我想让大家回头看看这一天。"

年少的时候，我们以自我为中心，希望得到父母的理解与支持，可我们表现出来的种种行为却被父母认为是不懂事。

更可怕的是，父母的不理解异化成暴力，把我们那渺小的自尊心击溃，强行让我们成长为“懂事”的孩子。

而由于在父母那里得不到情感上的回应，于是我们变得更加孤独和迷惘。

02

事后，父亲对李玩也很愧疚，承诺带她去看天文展览，李玩很高兴。

可是到了展览馆之后，他们发现展馆根本没开门。父亲说记错了时间，其实展览是下周，然后把李玩带到了她弟弟生日会的现场。

看到这里，我们才明白，原来父亲是佯装记错了时间，他的本意就是带李玩来弟弟的生日会，而不是天文展览。这是第二个谎言。

最令人难过的事，莫过于先给你希望，然后又亲手摧毁你的希望，再把你推到失望的谷底。

在李玩的成长过程中，父亲就扮演着这样一个近乎残忍的统治者角色。

他一直对女儿缺乏关心，但又会不合时宜地插手女儿的生活。他总是用暴力来决定事情，再用物质来解决问题。一句“这都是为你好”，就可以忽略掉李玩所有的感受。

在中国家庭关系中，父亲貌似总是在扮演这样一个角色：独裁、冷漠、不考虑别人的感受。

太多的愤怒和无奈，让我们恍然大悟：狗十三，狗13。青春，我们失去了太多，也就只剩一句“狗13”的脏话了。

03

李玩接受了自己有弟弟的事实后，紧接着，第三个谎言来了。

父亲和继母说要带着李玩去天文展，父亲以时间还早为由，要带李玩先去一个饭局，说吃完饭再去也来得及。

大人的饭局总是无聊又冗长。其实父亲压根没有想带李玩去天文展，看展览只不过是骗她出来的由头罢了。

这件事以“李玩独自跑到关了门的展览馆门前”告终。

李玩慢慢开始明白，那些对自己来说很重要的事，其实对大人来说，都是微不足道的小事。在大人眼里，孩子就像小狗，随便哄一哄就好了，根本不需要关心他们真实的感受。

渐渐地，她越来越沉默，越来越“懂事”，而这种“懂事”，到底是一种无声的反抗，还是一种无能为力的妥协呢？

在这种沉默中，李玩迎来了第四个谎言。

有一天，弟弟不慎被爱因斯坦咬伤，继母让父亲把爱因斯坦送走，李玩拼命哀求父亲也没有改变爱因斯坦被送走的命运。

不久，李玩获了物理竞赛一等奖。父亲很高兴，并答应满足她一个要求。李玩说“想知道爱因斯坦被送到哪了”。

父亲驱车带李玩到了当地的流浪狗收养所。李玩一路上因为爱因斯坦没有死而喜不自禁。

可到了收养所后，李玩并没有找到狗……

爱因斯坦究竟有没有被送到收养所，这难道仅仅是父亲一个善意的谎言？我们不得而知。

经过这次事件后，李玩开始发现自己无法逃脱成人世界为她编织的谎言。然后她长大了，可以在庆功宴上对递上狗肉的伯伯说“谢谢”，可以在真的遇到爱因斯坦时说它不是。

父女的矛盾看似一次又一次的和解，其实是李玩一次又一次的妥协。

在这种妥协中，她变成了家人想要的那种懂事的孩子。

至此，这场成长的凶杀案，完结。

这部电影很真实，略显灰暗的画面、噪音似的背景音传达出无形的压抑感，它用无声的哭泣、沉默的挣扎、嘶哑的呐喊宣泄成长中的情绪。

在采访《狗十三》导演曹保平的时候，我问过曹导，这个电影的结局是一个悲剧还是喜剧？

曹导说，其实它是成长中一个正常的过程。

04

确实，生活里，没有谁是绝对正确的，更没有谁是无辜的。

或许，当时的我们难以理解暴力的父亲、偏心的继母、被宠坏的弟弟、脾气大的爷爷和守旧的奶奶，可是如今已经长大的我们，能够理解大人也有着自己的辛酸和无奈。

他们有很多不得已：不得已离婚、不得已失约、不得已撒谎、不得已亏欠，甚至这种不得已最后成了习惯，最终成了成熟的标志。

就像曹保平导演说的，最好的家庭关系其实应该是一个相互博弈的过程。

慢慢地，大家相互理解彼此的难处，最后达到一种相对平衡的关系。

所以，成长注定是一道无解的谜题，没有悲剧和喜剧之分，它就是自然而然发生了。

“孩子的成长，是一个需要很漫长、很用心地去考虑的问题。我们稀里糊涂地就走过了和孩子相处的年代，而那些年代是多么需要我们精心面对。我希望这部电影能为孩子和父母之间关系的和解提供一个契机。”曹保平说。

成长，是我们每一个人都无法避开的主题。

在通往成人世界的路上，谁没有过咽不下去的苦、说不出口的伤、揭不开来的疤？

只是谁都不愿意再提而已。

我们自以为心甘情愿地埋掉过去，其实是无法接受对自己的背叛。我们一次次地在黑暗中伸出手，却始终不敢触碰内心最真实的自己。

影片结束后，电影院里长久的沉默里，夹杂着几声啜泣。

或许，我们终其一生都在成长，成长到让自己、让他人都感到陌生的高度。

打破舒适区，
其实才是最大的谎言

01

之前，我受邀在一个平台做了节免费直播课，主题是“如何利用下班后的时间改变现状”，鼓励女性利用闲余时间去改变自己，实现精神和物质的双重独立。

那节课大概有二十多万的在线听众，大家在讨论区畅所欲言，积极讨论自己的看法，热情程度让我非常震惊。

大多数女性关心和讨论的基本都是如何利用好自己的业余时间，或者受到启发准备开始行动之类，但有一位用户的留言引起了我的注意。

她说：“我是一位全职妈妈，除了带娃儿，自己平时根本没时间做别的，但现在家庭幸福，看着孩子每天健康快乐地成长，我已经感到很满足了，感觉自己就适合做个普通人，这种偏安一隅的想法难道不对吗？”

其实，每个人都有自己的生活节奏，不是所有人都适合在这个世界里乘风破浪。喜欢待在安静港湾，过舒适安逸生活的人，也没有什么不对的。

近几年，总有一些言论鼓励人们打破舒适区，好像安于现状的人，就是不思进取、自甘堕落，只有离开舒适区，去折腾自己，去改变生活，才能变得更好。

在我读书的时候，还有刚毕业的时候，听到这种言论，还会热血沸腾，舞枪弄棒地想和世界搏斗一番，可经过了一些成长和历练后，我才发现“打破舒适区”其实才是最大的谎言。

盲目打破舒适区，不是自律，而是自虐。

娜娜毕业以后回到家乡小城，做了一名中学教师。教师对于三线小城的人来说，已经是很好的工作了。

刚毕业的她刻苦努力，谦虚好学，再加上本身也比较聪明，工作半年多，娜娜在学校已经小有名气，赢得了家长和同事的广泛好评。

可她还是不满意，每每看到朋友们在北上广的精彩生活，再看看自己的家乡——一座一天就可以转完的小城，就开始自怨自艾。

有一天，她看了一篇鼓励年轻人打破舒适区的鸡血文章，感到热血沸腾，一冲动就提了离职。

“我要打破舒适区，我要去北京奋斗！”

临出发前，娜娜信誓旦旦。

可到了北京没多久，她就感受到了浓浓的挫败感：租房被黑中介骗钱、地铁人又多又挤、找工作处处碰壁……

最后，她去一家教育机构做了新媒体运营，每天做很多杂事，经常加班到深夜一两点，看似忙忙碌碌，然而回想辛苦的一天，却也不知道自己到底做了什么。

就这样坚持了一年多，娜娜迷茫了：我来北京的意义是什么？我目前工作的价值在哪儿？我的未来会是什么样子？

她看不到答案。

她开始想念那些可爱的学生了，上课的时候他们会积极回答问题，下课的时候会围着她聊天，遇到节日，还会偷偷往她办公桌里塞礼物……

家乡虽小，但每天的生活快乐又丰富，只要踏实工作，教师的晋升之路也比较明朗，而现在呢？

房子租期到了，娜娜没有续租，她准备回家了。

一年后，娜娜再跟我联系的时候，告诉我她要结婚了。

“当初贸然辞职去‘北漂’，其实还是有些后悔的，等我再回到学校的时候，之前那些与我一同入职的年轻教师，都参加比赛拿了奖，做了班主任，还有的人晋升了职称。我看似努力去创造更好的生活，其实到头来什么都没有，回来后我就遇到了我的未婚夫，现在生活平淡却很幸福。我喜欢这样的舒适区，如果可以，一辈子都不想打破。”提到那段“北漂”时光，娜娜如是说。

其实，并非每个人都适合打破舒适区，让你觉得快乐的区才是最好的区。

02

换一个角度想，你所打破的舒适区，大多都是“伪舒适”。

比如，你喜欢吃高热量的食物，喜欢熬夜，不爱运动，体重越来越重，视力越来越差，脑子也变得越来越不灵活，但你觉得自己很快乐。

去医院一体检，才发现自己的健康状况亮起了红灯，于是下决心减肥，早睡早起，但这些新的生活习惯让你痛苦，于是你说“我不要打破舒适区了，我就做个快乐的肥宅混吃等死吧”。

其实，这些不良的生活习惯带给你的不是快乐，而是单纯的快感，快感稍纵即逝，无法带给你精神上真正的愉悦，所以你所谓的“舒适区”也并非真正的“舒适”。

如果是真舒适，你的身体就不会发出危险警报，你的体力和脑力就不会越来越差，正是因为不舒适，你才要锻炼，才要早睡早起，让身体变得“舒适”。

所有不能真正带给你正向满足感的舒适，都是“伪舒适”。

那什么是真正的舒适区呢？就是目前的生活状态满足了你想要和需要的一切。

拿上文提到的娜娜来说，最开始她辞职离开家乡，是想去大城市体验更丰富的生活，这时，家乡满足不了她的需求，所以不是“舒适区”。后来她“北漂”碰壁，明白了自己真正的需求，再次回到家乡，开始真心满足当下的生活，这时的家乡，才真正成了她的“舒适区”。

我见过很多年轻人，一时脑热冲动，意气用事，放下自己所拥有的一切，去辞职创业，去追随风口，去盲目跟风，看似满腔热血，风风火火，实际都是没有目标的瞎折腾，最后精疲力尽，一无所有。等到后悔怀念原来的舒适区时，却发现再也回不去了。

村上春树在《没有色彩的多崎作和他的巡礼之年》中写道：“害怕远离故土，远离气味相投的朋友，抛舍不下这份舒适惬意的温暖，就像寒冬的早晨不敢钻出热乎乎的被窝一样。”

放弃熟悉的一切，就会有更好的吗？不一定。

舒适区其实是你经过无数次折腾和摸索后，发现的最适合自己的，这也是你努力的见证。

永远不要否定你努力得来的一切。

03

我有一个做自媒体的朋友，是个儿女双全的全职妈妈。

她之前做行政文员，后来由于要照顾家庭，就辞了工作，成了一名家庭主妇。

每天待在家里，让她不再精心收拾自己，没有工作脱离社会，让她和老公的共同语言越来越少。天天围着孩子转，让她和朋友也疏于联系。

日子就这样温水煮青蛙般地过着，她也日渐麻木。

有一天，儿子从幼儿园回来说：“我想要同桌的妈妈做妈妈。”

她不解地问：“为什么啊？妈妈对你不好吗？”

儿子说：“同桌的妈妈又漂亮又能干，还经常带他出去玩。你每天都穿一样的衣服，只会对我大吼小叫，从来不带我出去玩……”

她震惊了，没想到自己一心一意维护这个家，牺牲了自己，却只换来孩子的抱怨和老公的冷漠。

那晚她一夜没睡，想了很久，决定做出改变。

由于孩子还太小，她不想抛弃家庭出去重新工作，也不希望面对太过复杂的人际关系，就只能做一些在家就可以做的事情。

从那天开始，她每天都会精心收拾一下自己，即使不出门，也会换上不同的外衣。把孩子的生活打点好以后，就开始看儿童教育的相关书籍，等孩子睡下后，就在一家“母婴论坛”更新自己的主妇心得，慢慢地积累了一大批粉丝。

后来她开始做自媒体，一年赚的钱比老公的年薪还多，不仅实现了经济独立，还收获了写作的乐趣。

这位全职妈妈没有打破自己享受家庭生活、不愿社交的舒适区，却在这个舒适区里不断丰富自己的生活，实现了另一种自我升华。

你看，待在舒适区也并不等于不努力。恰恰是在自己熟悉的区间内努力，也能找到很多值得深耕的地方。

印度哲学大师萨古鲁曾经说过："真正的舒适不取决于外在的环境，而是源自你内心的平和。"

同理，真正的舒适也不取决于你是否到了新的环境、换了新的工作、朋友和伴侣等这种外在的东西，而是你明确了自己到底想要什么，并且深深地享受着它。

我们常说"倦鸟归巢"，鸟在没有飞出巢穴的时候，天空是它向往的舒适区，因为那里有它想要的自由，而当它看过高山大海，感到疲倦的时候，鸟巢又成了它的舒适区。如果这个时候你再让它打破舒适区，估计它是死也不想折腾了。

所以，如果你已经找到了自己想要的生活，并且享受着这种状态时，千万不要盲目打破它。

舒适区，才是最适合你的区域。

毁掉一个人最快的方式，就是让他走捷径

01

有一次，我在首都图书馆写东西，对面来了几个小学生，准备写家庭作业。

不到半个小时，其中一个男孩子就写完了，高兴地向其他人宣布自己写完作业准备打游戏了。

其他几个孩子还在绞尽脑汁地计算着，看到他这么快就写完了，纷纷发出惊奇的感叹，问他怎么做到的。

一开始，这个男孩还笑而不语，一副得意的样子，但很快，他就忍不住向其他同学炫耀他的秘诀：“你们这群小傻子，还在这里费劲儿算，这些题网上都有，直接抄上就行了呗。”说着，他打开手机的扫描功能，对着试卷上的题目一拍，系统扫描后

自动识别，马上就出来了很多同样的题目，并且附带着详细的答案。

其他的小孩看到后，像发现了新大陆一样，也纷纷掏出手机开始扫描起来，只有一个小姑娘不为所动，还在认真地计算着习题。

其他几个学生一边怂恿她一起抄，一边嘲笑她“笨”，然后就开始埋头抄起来。

不一会儿，这些孩子就抄完了，一起欢天喜地地到外面打游戏去了，只有那个小姑娘还在默默地做题。

我就问那个小姑娘：“你为什么不跟他们一起抄啊？那样多简单，省时又省力。”

她抬头看了我一眼，说：“抄的话，这些题我永远都不会做。”又继续埋头演算起来。

我不知道这几个孩子的未来会怎样，会变成什么样的人，但我敢肯定，这个姑娘一定能比其他的孩子走得稳，也走得更远。

白岩松曾经在一场讲座中提到：“手机是很好呀，没有什么是我们不知道的。在互联网手机时代下，当老师越来越难，你讲到3，学生已经百度到8。困惑出现了：你拥有了知识，那么扑面而来的是否是智慧呢？现在获取知识太容易了，让他们产生了错觉，以为有了知识就什么都有了，其实不对。现在人是多识少智，以前的伟人是少识多智，知识是为了到达更大智慧的阶梯。”

他还举了老子、孟子的例子，古代的学者们，他们利用的知识资源少，甚至都不知道地球是圆的，但他们会仰望星空，会思考，他们的智慧至今还影响着我们。但现在的人，全都低头看手机，知道天文地理，却想不通眼前的道理，有了很多的知识，却只能原地打转。

不得不说，随着科技的进步，我们能越来越容易地实现一些自己的需要，但也变得越来越不爱动脑思考，越来越喜欢走捷径了。捷径走得多了，就会骗自己，以为自己已经达到了具备某种需求所拥有的能力。

就像我遇到的那群孩子，看似是把作业完美地做完了，省时省力，或许还会得到老师的夸奖，但实际上，他们正在一点儿一点儿丧失动脑思考的能力，一旦到了考试，只能两眼一黑。

而那个专心做题、拒绝走捷径的小姑娘，看似蠢笨，不知变通，但她收获的是实实在在的知识，也是会影响她一生的智慧。

02

看到这群孩子，我不禁想到自己小时候，也做过类似的荒唐事。

小学时，我很喜欢画画，而且画得很好，也得过一些奖，但从来没有系统地学习过。

我们当时新来的美术老师，很年轻，人也很好，便把班里几个喜欢画画，并且画得不错的学生召集起来，每周五下午放学后，免费教我们学画画，我也是其中之一。

有一次，老师布置了一个很难的作业，让我们仿照他画的一个卡通形象，自己画一个，第二天他来看看谁画得最相近。

那是老师自己设计的一个形象，类似于一个长得像土豆一样的老头，戴着草帽，拎着水桶和农具，身边还跟着一条小狗，正开心地准备去农场，有点儿迪士尼的风格。

这个形象看上去很简单，但其实构图、线条都很复杂，我忙活到晚上十点多，画了一张又一张，怎么都不满意，怎么都觉得难看，气得哭了起来。

突然，我无意间发现，如果透过灯光的话，再厚的素描纸覆在原画上面，也会透出一点儿原画的线条。我灵光一闪，就开始操作起来，透着灯光，一点一点地描摹原画……

半个小时后，一幅和原画高度相似的作品就完成了，我揉了揉酸痛的眼睛，为自己的小聪明感到窃喜。

第二天，我果然得到了老师的表扬，其他人都画得横七竖八，没有一个可以入眼的。

老师很开心地私下问我，想不想参加下个月的小学生绘画大赛，他可以帮我报名，觉得我肯定没问题。

我一下子就心虚了，想着万一到时候暴露了我其实是临摹的问题，那岂不是很难堪？

从那以后，不论遇到多难的作业，我都不敢耍小聪明去临摹了，因为我知道这条“捷径”的尽头其实是万丈深渊。

然而，有小聪明的不止我一个。

后来，老师又布置了一幅很难的作业，我点灯熬油地画了一晚上，还是觉得不满意，但也只能如此。

第二天，我发现大家都画得不好，只有两个同学例外，他俩画得简直和原画一模一样，但老师并没有夸他们，而是拿着原画走上前一对比，他们的作品和原画高度重合。

这下，大家都知道了他们的秘密：原来是临摹的。

老师很生气，说：“我牺牲自己的休息时间给你们开小灶，就是希望你们能好好地学画画，没想到你们居然骗老师，那这个辅导也没必要了，你俩以后也不用来了。”

下课后，备受良心谴责的我偷偷跟老师坦白，说其实我也临摹过一幅。

“我知道，”老师神秘一笑，“但好在经过提点后，你能悬崖勒马，认真学习。但他们两个不是初犯了，我多次提醒还屡教不改，我不能再看他们继续走歪路了，必须给他们一点儿教训。”

后来，那两个同学就真的没有来过。

虽然我后来早已不再学画画，也没在这方面有什么成绩，但这件小事始终深深地影响着我：在有“捷径”诱惑的时候，它会提醒我警惕前方的深渊。

03

或许是这个社会的发展节奏太快，又或许是人们的生活压力真的很大，很多年轻人信了张爱玲那句“出名要趁早”，经不住诱惑去走“捷径”。

之前，某个演员在微博上晒自己被知名高校录取的博士后证书，着实让网友羡慕了一把。他成了演艺圈的高学历知识分子的代表，一时间风头无两。

然而很快，网友就发现，他作为最高级学历的拥有者，居然不知道一个著名的学术网站，令人生疑。紧接着，这位演员的毕业论文被网友扒出，经证明是抄袭。后来他因涉嫌学术造假等，被剥夺了学历学位。

眼看着他风光无限，一日看尽长安花，又眼看着他墙倒众人推，引来一片嘲讽。

究其原因，还是他经不住诱惑走了“捷径”。有些人辛辛苦苦在实验室研究三五年还不一定出成果，而有些人靠着学术抄袭和溜须拍马，轻轻松松摘取最高学位，还不耽误事业的发展。

从眼下看，后者当然更令人心动，但从长远看，自己走的“捷径”，必将需要走一段遥远的路弥补回来。

曾国藩就是个不喜欢走捷径的人。他读书的时候，不读懂上一句，就不会读下一句；不读完这本书，就不会摸下一本书。

虽然他光秀才就考了九年，但自从开窍之后，后边的路就越来越顺，四年后就中了进士，而其他早早中了秀才的同学，后来却连举人也没有出来一个。

曾国藩就认为自己得益于不走捷径，因为“天下之至拙，能胜天下之至巧”。

可现在很多人不懂这个道理，抱着侥幸心理去走捷径，结果聪明反被聪明误。

鑫鑫最近从一个不错的平台辞职了，理由是领导不靠谱，剽窃他们的创意。

她说每周领导都要求他们写一个新的创意策划发给他，要作为考核标准。鑫鑫他们都希望在考核中有一个高分，每次都精心地写策划案，可领导从来没反馈或者点评过他们的策划案。

后来，她偶然在茶水间听到了自己的领导向总监谈新项目的策划，提出来的都是他们写的创意，领导却说是他自己的，还得了总监的一番褒奖，承诺年终奖多给他一些。

鑫鑫很生气，但没有当场质问，而是告诉了其他同事。其他同事也对这个领导不满很久了，就一起写联名邮件告发了领导剽窃创意的事实。

但事已至此，他们也没法在这里待下去，就纷纷辞了职。好在他们自己本事过硬，很快就找到了新的工作，而那个领导，被原公司辞掉以后，因为口碑太差，在业内很难找到下家。

这个世界上，你认为最近的路，恰恰是最遥远和危险的路。

当你觉得难的时候，恰恰是要出成果的时候；当你觉得一切都很容易的时候，反而是最危险的时候。

人生无非就是一场徒步旅行，有高山有沼泽，有荆棘也有玫瑰，有康庄大道，也有羊肠小道，但唯独没有捷径。

我一直坚信一句话“出来混，总是要还的”。你走过的捷径、你得到的小便宜，终有一天需要百倍的代价来奉还。

你的善良里，藏着你的运气

01

一个朋友过生日，我从网上订了个精美的蛋糕，准备带过去参加她的生日宴会。

软件上显示是预计下午三点送达，我左等右等到了四点多，也没见到外卖小哥的影子，正当我准备打电话询问的时候，门铃响了。

我开门看到满身泥土的外卖小哥，手里还拎着一个被撞歪的蛋糕盒子。我心情一沉。

果然，外卖小哥说他在送蛋糕过来的路上，由于赶时间，和别的车撞了，耽误了很多时间，蛋糕也被撞歪了。

我很生气：“这个蛋糕是我要送人的，你现在弄成这个样子，我怎么送人，还耽误我这么长时间，为什么我要为你的失误付出更大的代价？”

外卖小哥一脸歉意，连连向我道歉，并主动表示承担这个蛋糕的赔偿，再帮我送一个。

我想这哪来得及，而且风里雨里送外卖也不容易，就说：“算了，这个蛋糕我自己留着吧，不用你赔偿。但我得给你打一个差评，因为这次的工作你做得确实不怎么漂亮。”

外卖小哥一听就急了，说：“我们有考核标准，一旦被客户投诉或者收到差评，今天这一天白干不说，甚至还可能会失业。这样，我赔钱，麻烦您别打差评。”

我看他急得都快哭了，也不忍心有意为难，也做了妥协：“行吧，不给你差评，也不用你赔了，就当长个教训，以后不要这么不小心了。”

听到这话，外卖小哥立马“多云转晴”，感激涕零地表示下次给我免费送餐。

我随耳听听，也没当真。把他打发走后，我就连忙出门到附近的蛋糕店又买了一个现成的，不论是形状还是大小，都比之前订的那个差了一些。

晚上，朋友的生日宴结束后已经很晚了，地铁已经停运，路上的车辆也少了起来，而那个地方离我家又比较远，我只能打车了。

我打开打车软件，好吧，前面排着一百多个人，慢慢等着吧。终于在快到我的时候，好巧不巧，手机没电了，这样即使轮到我了，司机联系不到我也白搭。

深更半夜，人生地不熟，手机又没电了，我可怎么回家？一时间我陷入了绝望，只能碰运气一般在路边等出租车。

就在我因为今天的倒霉事而委屈到想哭的时候，一个声音在我旁边响起：“哎，你不是今天那个姑娘吗？”

我转头一看，天哪，居然是下午那个外卖小哥，他刚从附近的小区送完外卖出来，看到一个像我的身影，就转过来确认一下。

我跟他说我手机没电了打不到车，回不了家，外卖小哥立马说：“多大点儿事，正好我今天的单送完了，我直接送你回去呗，只要你不嫌我的电动车破。”

就这样，我坐着外卖专车回到了家。

回家后我一直在想，世界可真奇妙，会不会真的有“运气”这种事情呢？

如果我下午执意要给外卖小哥打差评，让他赔，似乎从道理上也说得过去，只是从道德层面上看，不太善良而已。如果我做了这个不善良的决定，那么晚上他就不会帮我，我就回不了家。一个女孩子半夜独自在路上等车，想想还挺后怕的……

如果这个世界上真的存在运气，那么这种运气大概就是一个人的善良吧。

02

古人常说“行善积德”，我们保持善良，做好事，就是积累自己的德行，当德行积累到一定程度时，就会带来福报。

这并不是封建迷信，也不是玄学，这在道理上是可以讲得清的。

试想，你多做好事，处处帮助和体谅别人，别人就会觉得你这个人不错。当周围的人都觉得你很好的时候，那么当你遇到困难的时候，别人也会帮助你，让你渡过难关。别人对你的帮助也就是古人常说的“福报”吧。

这么想来，每当我遇到困难的时候，的确总会有人愿意在危机时刻帮我。

中学的时候，有天中午我需要打车去上学，那个时候出租车也不正规，只要坐得开，一辆车上不止载一位乘客。

我上车后，司机又载了一对同样去学校的父子。

车上，儿子问父亲一道题，说下午老师让交上去，父亲看了看这道题，想了半天也不会，儿子急得要哭。这个时候，那位父亲试探性地问我能不能帮帮忙。我闲着也是闲着，就帮他们做这道题，好在，后来我做出来了。

这对父子很开心，感谢了我的帮助。我们就攀谈起来，聊得也算愉快。

到了目的地以后，我要付钱下车，一掏口袋发现坐车的零钱不见了。

我翻遍了身上的口袋，也找遍了车里，都没发现，大概是出门的时候就掉了。

不付路费，司机就不让走，左右为难之际，那位父亲站了出来，朝司机吼道：“不就几块钱车钱吗？至于这么朝孩子嚷嚷吗？我一起付了！”

我百般感谢，得以顺利到校。

当时很庆幸遇到那对父子，也庆幸自己当时选择了帮助他们解题。不然的话，我可能那天不但要被司机骂，还要迟到了。

现在再看，可能这是小事一桩，而对于一个中学生来说，当时迟到可是比天都大的事。

我的第一份工作是在杂志社做编辑，每天都需要找大量的稿件上交，而过稿量和过稿率也决定着我的收入。

刚入行的时候，我明明每天都会翻各大网站和各种杂志找稿子，上交的数量却很有限，而一些老编辑随便一交就是五六十篇。

后来我才知道，原来老编辑们都有自己的荐稿人。

所谓的荐稿人，其实也是一份职业，主要是给报纸、杂志推荐文章来获得收入。他们有的是职业的，一天就能推荐几十、几百篇文章，有的是兼职，一天最少也能推荐二三十篇文章。

试想，如果你拥有一个荐稿人，不用费力气，每天查查邮箱，就可以交几十篇稿子。如果你有几个荐稿人，那一天交几百篇稿子也没有问题。一般资历比较老的编辑，往往都有几十个优秀的荐稿人，稿件的质量和上稿率自然不言而喻。

而我们这种每天苦哈哈地自己找稿子的新编辑，交的稿子数量少，质量也比不过荐稿人交的，纯属费力不讨好。

知道这个神秘的群体后，我又犯愁了：去哪里找荐稿人呢？

这时，一个学妹联系到我，问可不可以给我推荐文章赚点儿生活费，我欣然同意，并且经常给她做指导，还帮她向其他杂志投递她的原创作品，帮她圆作家梦。

后来，她说："学姐，我今天被拉到了一个荐稿人的群，里面的荐稿人都非常厉害，我把你拉进来，你跟他们交流交流。"

我进群后发现，里面有很多熟悉的名字，还有一些老编辑的资深荐稿人。

其实很多事情只隔了一层纱，没有戳透这层纱的时候，你会觉得很好奇很神秘，但一旦戳透了，就会发现也不过如此。

就这样，我认识了很多优质的荐稿人，他们也很愿意跟我合作，我的业绩也直线上升，工作慢慢顺利起来。

我很感谢学妹给我提供的帮助，学妹却说她这么做是为了报答我对她提供的指导和帮她各种投递稿子。

在这件事里，我和她就是互为对方的"运气"，而这种好运气归根到底是来自我们对彼此的善意。

03

俞敏洪在他的口述自传《在痛苦的世界中尽力而为》中讲到

自己的亲身遭遇。

“新东方”创立初期，学生的报名费一般都是周末来收，那个时候银行在周末还不开门。他收完学费后，为了保险，就准备带回家保管，周一再存到银行。

有一天晚上，他照常带着学生的报名费回家，不料被一个犯罪团伙尾随，趁他开门的时候，有一个劫匪在他背上注射了给动物麻醉用的大型麻醉针。这一针下去，通常会让人永远醒不过来。

他晕倒以后，这伙劫匪把家里能找到的钱和值钱的物品都洗劫一空。

人在危急的时候往往最能激发出生命的潜能，俞敏洪在一个多小时后居然醒了过来，发现自己被绑着，就用下巴拨打了报警电话。

这场抢劫发生在1998年，直到2005年的时候，案件才破获。

后来俞敏洪才了解到，这伙劫匪的头目居然和自己还有过交情。

之前“新东方”没有自己的教学楼，一到暑假的时候就会包度假村给学生上课，这个头目就是一个度假村的老板。

当时“新东方”员工联系到了他的度假村，交了二十万的预付款，说到时候多退少补。课程结束的时候，财务人员去结账，核算完发现只花了十七万，就找他退还多付的三万块钱。

可这个时候他已经把钱全花完了，付不起三万块钱，就给俞敏洪打电话问能不能明年租用的时候一起结算。俞敏洪看到对方确实有难处，就答应了，而他万万没想到的是，这一善举，日后救了自己的一条命。

当时这帮劫匪把俞敏洪弄晕了以后，其中一个发现他还有呼吸，要“做了”他。这个头目，也就是之前的那个度假村老板给拦下了，说“他是个好人，既然已经如此，生死就看他的造化吧”。于是，才留了俞敏洪一条命，也才有了现在的“新东方”。

有时候，你永远不知道自己的一个善举，能给自己带来多大的财富。

所以，与其将好运寄托在转发“锦鲤”身上，倒不如保持一颗善良的心，力所能及地去体谅和帮助需要帮助的人。总有一天，这些人和这些事，会转化成你的运气和福报。

身体和灵魂，
总有一个要在路上

01

不知从什么时候起，旅行变成了人们热衷的生活方式之一，和健身一起，组成了朋友圈最火的“品位CP”。

从前几年的“身体和灵魂总有一个要在路上”，到近几年的“世界那么大，我想去看看”，关于旅行的鸡汤，煲了一锅又一锅，但汤变味不变，炖的都是一块“老骨头”：你不要老是待在一个地方，看相同的人和事，你要出去转转，看看新鲜的东西，这样你才会有新的感悟。仿佛不去旅行就没有生活，没有乐趣，就对不起上天给我们的美好青春。

于是很多人就趋之若鹜地去旅行，不管什么目的，只要出去了就是对的；不管什么地方，只要没去过的就是好的；不管什么

东西，只要没见过的就是值的。然后，或在某知名景点排半个小时的队，拍一张包含了很多路人甲的照片，或在熙熙攘攘的人群中挤眉弄眼，来一张看似享受的自拍或者合影，再加个美食或者美景的图片，配上“鸡汤”文，最后再定个位。OK！一场旅行的仪式就这样圆满完成了。

没有人会知道你玩得开不开心，没有人会知道你走得累不累，没有人会知道你到底有没有见到新鲜的人和事，也没有人知道你思想的境界究竟又提升了几分。大家默认的是：这个人的生活好丰富啊！我也不能宅在家里，我也要去旅行。然后给你点个赞。

如果你是以上这种情况中的任何一种，那么我告诉你，你这不叫旅行，顶多叫旅游，说得再难听点儿这叫凑热闹。

02

我也是个喜欢旅游的人，并曾幻想可以在途中遇到有趣的人或事为我打开新世界的大门。

“五一”的时候，我和木子去了一趟文艺青年必去的地方——乌镇。

那时，木子刚刚经历了男友劈腿的狗血剧情，而我也因一些事情郁郁不乐，于是我俩一拍即合，抓住“五一”小长假的尾巴，风风火火地奔向了江南水乡。

一路上我俩念叨着自己的心事，但有一点不谋而合，那就是都期盼遇到一些可以为自己指点迷津的人，比如一个满脸沧桑的流浪歌手，比如一个有故事的“某宝”卖家，比如一个即将皈依佛门的网红，比如微服私访的大冰……

然而，当我们背着大包小包站在乌镇大门前的时候，一切美好的幻想都被人山人海的景象打破了，心里呐喊着：前方的朋友啊，你我在这茫茫人海中相遇也算有缘，可否留我一条活路？

所以整个白天，我俩不但没遇到高人解开心结，反而在拥挤的人群中更加暴躁不安。

乌镇最美的时候是晚上。

天色一暗，大大小小的灯光就都亮起来了，斑驳的灯影在水中荡漾着，将白天的燥热一扫而光。水边的酒吧一条街也响起高低起伏的民谣，卖着各自的情怀……

我和木子登上一艘乌篷船，艄公高呼一声，用脚一蹬，船便离了岸，摇摇晃晃地钻到了桥下。

“你们两个大娘分开坐，不要坐到一边，船都偏了。”艄公操着吴侬软语跟我们说话。

大，大娘？我俩目瞪口呆。想来我们也算是花季少女，平时被叫个“阿姨”都要发朋友圈声讨半天，这一换了水土直接变大娘了？敢情这南方姑娘就是水灵哈！

但现在命系他人手中，不得不低头，我们揣测着艄公的意思，坐到了船的两边，后来我们才知道，原来“大娘”是这边的方言，意思是“小女孩”。对，我们都是小！女！孩！

“如果船被你压沉了，请把最后一块木板给我，肉丝（Rose）！”我调侃木子，木子没有回应。我觉得不太正常，扭头看了看她，发现她正在发呆。我顺着她的目光望去，原来她在看岸边的一对小情侣，男生正帮女生擦去嘴角的冰激凌。

我撇撇嘴，插上了耳机，舒服地趴在船边上看着熙熙攘攘的人群。

人们大肆地谈笑着，争相拍照留念，周围一片欢腾的气氛。或明或暗的灯光打在人们的脸上，每个人都发着幸福快乐的光。可我觉得这些喧闹和我一点儿关系都没有，一切声音仿佛都成了遥远渐弱的背景音，此刻，我只是一个旁观者，耳畔回荡着《背包客》，我想在小小的乌篷船上荡过此生。

我突然觉得心中的郁结之气一下子散开了，什么事情、什么烦恼都不是事了。今天，这小小的水镇上挤了这么多人，有多少人和我们一样怀着心事？有多少人期盼着一场偶遇？又有多少人能解开心结？

我想这都不重要了。

我们带着一颗赤诚之心来到一个陌生的地方，看山看水看人，忘却暂时的烦恼，享受着当下的欢乐，这就够了，还有什么比正在经历的更令人感到踏实呢？

后来，我们没有遇到高人，反而遇到了两个求一同夜游的搭讪男，吓得我俩撒丫子就跑。我们也没有听到什么惊世骇俗的故事，反而安慰了一个刚刚失去工作的姑娘。

回去后，木子还是处于失恋的状态，我还是在为生活奔波，一切都没有变。可又好像哪里真的不太一样了。我发现木子更新了状态：“一别两宽，各生欢喜。”而我，也以更积极的态度去面对一切问题。

03

有人说，旅行和旅游的区别在于：旅行是一种行走的状态，旨在观察所到之处的风土人情；旅游是一种短时间内出门游玩的状态，是一种单纯的娱乐活动。如果你是坐着高铁、乘着飞机、开着游轮去某个地方，看到美景仅停留在“××真美”的感慨上，那不叫旅行，叫旅游。

这么定义的话，想来我的每一次出行都只能算旅游。我没有徒步过，离开交通工具就是废人一个；也没有写过游记，最多就是头脑风暴一下；更没有考究过某地的风土人情，去当地博物馆已是我最大的觉悟。可我依旧觉得很充实，那是一种内心的满足感。

其实，旅行不能解决生活中的任何问题，但我们依然甘之如饴。因为在这个过程中，我们会放松一下绷紧的弦，许多萦绕心头的问题暂且放一放，真的就会“柳暗花明又一村”。

当我们旅行时，我们在旅什么？

我觉得，那就是在陌生的地方，找到一种久违的感动。

这种感动可以是一片云，可以是一朵花，可以是喧闹的人群，甚至可以是在卖力吆喝的小贩。

世界上没有那么多高人为我们指点迷津，每个人都有自己的故事，我们能做的就是在别人的故事中为自己的故事画上一个句号。

04

我很喜欢大冰的一句歌词：

> 我想自由自我自娱自乐自唱自歌，
> 纵然跌倒我不服输，
> 我想做个最浪漫的背包客，
> 我行我素我走我路。

可能我们不是厉害的背包客，但我们依然可以去想去的地方。只是，希望你在旅行或者旅游的时候，能够静下心来，在喧闹中找找自己的心，这远比炫耀自己去过哪里更有意义，毕竟生活就是“如人饮水，冷暖自知”。

你只管努力，剩下的自有天意

01

大二的某个下午，我偶然间看到一档节目，节目里采访了一些“北漂”。

他们有的是企业高管，有的是个体商贩，有的是普通白领，有的是打工一族……虽然他们的行业和经济条件不同，但他们都表示活得没有存在感。

有一个镜头我印象特别深刻。

一个在北京卖早点的年轻人，虽然收入不少，但他悲伤地对记者说：“我最害怕的是，假如有一天我死在了出租屋，都没有人知道。死了也就死了，就像从来没有来过这个世界一样，什么也不留下。”

虽然当时的我还不是很懂这种心态，但也感到一阵莫名的恐慌，不禁问自己：我死了以后呢？是不是也会像从来没有来过一样？

那真是太可怕了。我想在这个世界留下点儿什么。

我能在这个世界留下点儿什么呢？

想来想去，好像也只有写作比较适合我，而且文字这种东西，一般会流传得比较久远。想到这里，我脑海里隐约浮现出鲁迅夹着烟神秘微笑的表情。

嗯，就这么决定了，于是我的梦想清单里多了一项：死之前一定要写一本书！

我当时出书的这个意愿比较模糊，具体写什么、什么时候出，完全没有细想过，也迟迟没有动笔，甚至出书的目的也有点儿自私。

后来这个想法也因生活琐事而被压在了岁月的箱底。

02

毕业后我毅然来到北京，成了一名编辑，接触到了很多作者，认识了很多努力又有趣的朋友，同时也有读者来找我倾诉生活中遇到的烦恼。

我想不如把我自己以及周围人的一些经历和感悟写一写，来启发那些遇到困难的人吧。

本着这种心态，我开通了个人公众号“西风南浦”，每天写、发一些文章。没想到反响还不错，很多读者说看了我的文章感觉获益匪浅，这让我感到惊喜和安慰。

由于平时工作也比较忙，文章都是我每晚加完班回家挤时间写的。连续几天凌晨一两点睡觉也是常有的事，可我一点儿也不觉得辛苦，每写完一篇都会有一种满足的兴奋感。

这一年的时间里，我出门就带着电脑，蹭遍了各地大大小小的咖啡馆，实在没有时间就在地铁上写，边走路边用手机写，生怕灵感稍纵即逝。

后来有人提醒我说，你不跟热点，不写观点偏激的文章，怎么能带来流量呢？流量就是金钱啊。

其实我曾经也想过写一些博人眼球的文章来赚钱，但最终还是放弃了，因为这不是我写作的初衷，我始终觉得人生的价值不应该用金钱来衡量。

于是我继续写着自己想写的东西，希望能用自己的感悟来帮助更多的人走出人生的迷茫，解答生活的困惑和烦恼。

就这么写着写着，不知不觉不到一年就写了十几万字，也在各个平台收获了一批读者。

后来好多出版社来联系我，问我能不能出本书，我才想起来大二某个阳光明媚的下午，我悄悄立下的那个“死前出本书”的人生目标，真是既可爱又可笑。因为我后来出书的初衷早就不是这个了。

更加没想到的是，我居然无意中提前实现了这个“人生目标”。

以前我一直以为只有很牛很厉害的人才能出书，作家是一个高不可攀的身份，后来我自己被冠上了“青年作家”“新锐作家”之类的头衔时，才恍惚发现有时候人只顾低头走路，不知不觉竟然爬上了山峰。

很多事就是这样，你特别想做成一件事的时候，往往做不成，因为目的性太强，功利性太强，便不能专心做事。而当你心无旁骛，只盯着眼前的时候，往往会不经意地实现目标。

03

我的朋友阿坤，他的业余爱好是摄影。

大家都知道，摄影是个投产比很低的活儿，随随便便一个镜头，就得搭进去个八千一万的，而且拍照片纯属娱乐，也很难有大额的收入。

别人都把钱用到了吃喝玩乐上，但阿坤不是，每次发完工资后，他都惦记着新镜头和新相机的事。

除了在硬件上不断提升，他也学习新的技术，买了一大堆的书和在线课程，每当学习了新的技巧后，就趁周末到处溜达，拍一些风景精进技艺。

当他把自己拍的照片发到网上后，引来网友的阵阵惊叹，甚至还有图片公司要买他的版权。

也有一些喜欢拍照的人联系他想约拍，阿坤便答应下来。因为只想练练手，也没想赚什么钱，所以他一般只是象征性地开个低价。

没想到，他因为拍片好、价格低而引来越来越多的人找他约拍，基本上每个周末都被安排得满满的。

时间长了，阿坤在圈内也小有名气，自己也积累了一些资源和资金。他忽然想起，自己当初的梦想就是做个摄影师，开一家自己的工作室。

就这样，他白天上班，晚上研究摄影技巧和开工作室的注意事项，周末跑出去约拍。虽然有些辛苦，但为自己的梦想打拼，他很开心。

准备了差不多一年后，他辞职回到老家西安，开了一间自己的摄影工作室，目前生意也很好。

后来，我们在聊起这件事的时候，我无比羡慕：“真羡慕你，不用上班还能有钱，当老板真好。”

阿坤哭笑不得：“其实当老板更累好吗？要养着好多人呢。”

我问他：“你到底是怎么转行，从编辑摇身一变成了摄影工作室老板的呢？”

阿坤说：“其实那个时候，摄影真的只是我的兴趣爱好，也真没想到能赚钱，每天琢磨的就是如何拍出更好看的照片而已。我现在得到的一切，其实都是巧合，如果我当时一心就想靠摄影赚钱，估计本职工作也做不好，拍的片子质量也未必会好。”

很多事情就是这样，一旦你带有了强烈的目的性和功利心，反而会在行动的过程中掺杂更多因素，影响发挥。

04

不信你想一下，是不是每一件你特别想做成的事，往往都会失败？

心理学上这种现象被称为“目的颤抖”，也叫“穿针心理”。这个概念源自心理学家曾经做过的一个实验：在给缝衣针穿线的时候，越是全神贯注地努力，线越不容易穿入。如果一个人由于做事过度用力和意念过于集中，反而会将平时可以轻松完成的事情搞砸了。

目的性越强就越不容易成功，这种现象太常见了。美国射手埃蒙斯，在2004年雅典奥运会男子五十米步枪三姿决赛中，前九枪他领先对手3环之多，最后一枪鬼使神差地把子弹打到了别人的靶子上。2008年北京奥运会男子五十米步枪3×40决赛中，埃蒙斯在倒数第二轮领先将近4环，在金牌几乎唾手可得的情况下，重现了雅典奥运会上的严重失误，最后一轮仅打出了4.4环。2012年伦敦奥运会射击项目的最后一次比赛中，男子五十米步枪三姿决赛，埃蒙斯再次折在“最后一枪”上。

越到关键时刻，越在意结果，反而越会影响正常发挥。

从表面上看，这些失手都是偶然的，其实却有其必然性，因为人都有这样的一个弱点：当对某件事情过于重视的时候，心理就会紧张。而一旦紧张，往往就会出现心跳加速、精力分散、动作失调等不良反应。

所以，当你做一件事的时候，千万不要去想它的结果，做好当前你该做的事情就好了。当你的努力积累到一定量级的时候，自然就会厚积薄发，给你带来意外的惊喜。